去看那一树繁花

刘欢欢 著

云南美术出版社

图书在版编目（CIP）数据

去看那一树繁花/刘欢欢著.--昆明：云南美术出版社，2024.1
ISBN 978-7-5489-5421-7

Ⅰ.①去… Ⅱ.①刘… Ⅲ.①散文集－中国－当代 Ⅳ.① I267

中国国家版本馆 CIP 数据核字 (2023) 第 139811 号

责任编辑：方　帆　赵昇宝
责任校对：温德辉　韩　洁
装帧设计：书点文化

去看那一树繁花

刘欢欢　著

出版发行：云南美术出版社（昆明市环城西路 609 号）
印　　装：四川科德彩色数码科技有限公司
开　　本：880mm×1230mm　1/32
印　　张：9
版　　次：2024 年 1 月第 1 版
印　　次：2024 年 1 月第 1 次印刷
书　　号：ISBN 978-7-5489-5421-7
定　　价：86.00 元

目录 CONTENTS

四季

去看那一树繁花 ⋯003
回家过年 ⋯006
以奔跑的姿态迎接辛丑牛年 ⋯009
2018，知而向乐 ⋯012
四月，赴一场春天的邀请 ⋯015
火红的石榴花 ⋯022

乡村

永远的村庄 ⋯029
乡村过年纪事 ⋯033
小时候过年的记忆 ⋯036
乡村的春天 ⋯040
等待麦收 ⋯043
夏天的故事 ⋯046
夏日乡居 ⋯052
避暑最佳是老家 ⋯055

暑假，一定要换个地方过 ...060
我的小学校长 ...062
父亲的做人信条 ...066

中年

中年的理想 ...071
女孩，你的名字叫姐姐 ...074
女人为谁而活 ...078
年关，让我醒悟 ...082
人生四十 ...086
励志的人都自带光芒
——何红雨新书分享会点滴 ...091
每个人都是自己的英雄 ...095
三舅走了 ...098
做自己的事，积自己的福 ...101
哭李商隐 ...103

生活

晨跑 ...109
车上的生活 ...112
高贵的烦恼 ...115
生命的孤独 ...117
学校门卫 ...120

东行大荔合阳 … 124

人生悲苦，幸福自定 … 128

先做好我们自己 … 131

我的幸福我做主 … 133

拜访贺绪林老师 … 136

停电的好处 … 139

家乡

美善临潼，宜居之地 … 145

邮票上的临潼 … 150

小城临潼 … 156

骊山仁宗庙 … 159

"临潼小学"的门匾故事 … 173

桃苑北路 … 176

穆寨的扶贫 … 179

临潼石榴剪纸 … 181

寒露时节的临潼石榴和火晶柿子 … 185

古地新丰 … 189

烛光

高中语文第一课 … 197

疫情居家上课 … 201

奢华的幼儿园毕业照 … 204

第一次当家长 ··· 207
家长会 ··· 210
我讲《涉江采芙蓉》 ··· 215
一个普通文科生的成功逆袭 ··· 219
高考结束，有一种爱指向分离 ··· 222
"祝愿所有考生金榜题名"的逻辑 ··· 226
品德教育的重要性 ··· 229
不忘初心，与时俱进 ··· 233

读书

向古人学做人 ··· 239
学做圣人 ··· 241
"阅读"的好处 ··· 244
施而不奢，俭而不吝 ··· 247
吴文莉《黄金城》的反脆弱性和善的引领性 ··· 249
读薛耀军《师者匠心》的收获 ··· 254
杨芳侠《看不见的舞者》读后 ··· 259
薛耀军诗集《白杨絮语》印象 ··· 262
《大红灯笼高高挂》的人生启示 ··· 266
行走的意义
——高建群《丝绸之路千问千答》读后 ··· 270
写作者的出路 ··· 278

四季

去看那一树繁花

四十岁后,忽然对每一个春天的到来都充满了欣喜。欣喜那一树树的繁花:那一树树的玉兰花、红叶李花,那一树树的杏花、桃花和梨花,那一树树的连翘、樱花和紫荆花。花儿们轮番上阵,大饱我一冬天单调的眼福。即便是一簇一簇的迎春花、一枝一枝的海棠花、一窝一窝的婆婆纳、一畦一畦的油菜花,都令我对于生命的怒放,惊喜不已。

享受每一个春天,去田间,去地头,去山坡,去河边,去看花红柳绿,去听草长莺飞。"暖阳下,我迎芬芳……"优美的歌声里,一切都在生发、生长。每一个生命、每一种情愫都在生发、生长。挡不住的生命啊,见风见雨,见隙生根,遇缘发芽,那种向上、那种积极无人能挡。

享受春天,必须有从田间到餐桌的美味,来犒劳味蕾。《说文解字》中,"享"即"献",又同"飨"。春天贡献给人间那么多美味,希望人从春天就好好款待自己。于是,我们挑荠菜、挖白蒿、掐枸杞芽、撅苜蓿、拔蒲公英、捋槐花……我们背对阳光,脚踩大地,那种踏实和富足,无与伦比。亲友一起,那种相伴与互动,在天地之间又增添了一幅祥和的画面。等到回家摘择、淘洗,拌面粉蒸麦饭,或者焯水油泼凉拌,想起就口舌生津;如果真吃了,那是吃了一冬天积聚的天地精华和人间至味。

春天何其短暂,所以每个春天都值得珍惜,而要真正地享受春天,小区的院子是不够的,虽然也花香四溢,绿意盎然,但天地太小;街道两旁的绿化带也是不够的,虽然也红得妖娆,绿得耀眼,但空间依然有限;享受春天,必得离开城区,走进荒野田间,那里的广袤和翠绿,涵养身心,从眼耳到心肺到脾胃,五脏六腑都能得到释放和保养。所以菜市场也是不够的,买回来的苜蓿和自己撅回来的苜蓿带来的是不一样的人间感受,所以有着不一样的价值感观和人生体验。

因此,春天的周末就更显得弥足珍贵。它必须不在去麻将馆的路上,不在去瑜伽馆的路上,更不在去辅导班的路上。它必须指向乡野田间,带上孩子,带上老人,雄赳赳、气昂昂地出发,去感受春天独有的气息、微风、阳光、尘埃和草木。

最喜欢耕读的家风,有劳作练筋骨,有读书养心灵。春天是最好的季节,播下种子,洒下希望,真心付出过,踏实经历过,美好未来已在路上。面对又一个春天,重整衣袖再出发,身心再进步,再平衡,才能在海海人群里更加平静,更加信心十足。万物在冬天韬光养晦、潜心修炼,不正是为了在新的春天怒放生命吗？人活着坚持读书和劳作，也是为了到达生命巅峰的绽放。

春天已来，周末已到，给好心情的助力，就是挽上篮篮，提上铲铲，走在乡间的小路上，回到童年的塄畔上。

2021 年 3 月 14 日

回家过年

"回家过年"在中国人的心目中是一件多么欣喜、多么隆重的事啊！年节将近，人们的心就开始萌动了。在外的游子计划着自己归家的日子，离家不远的人开始计算着"过了腊八"的日子，特别是从腊月二十三开始，虽然不用按过去的习俗每天做什么，但年前的洒扫庭院、采买年货是必不可少的，所以抽空回家也显得尤为庄重。

外媒惊叹中国人过年回家，称春运"是人类在地球上进行的规模最大的集体活动""中国人视春节回家如朝圣"。过年回家何以有如此大的魅力，成就这"最大的人类迁徙"？

我想，首先过年是一种深植于中国人骨髓的习俗。一家人经过一年的努力，要好好团圆，一起犒劳家人一番。并和亲戚朋友一起"把酒话桑麻"一番：展望新的一年，新的希望，新的愿景。

其次，家是根之所系。面对团圆之节，在外打拼、奔波了一整年，也该回家歇歇了。这种充电，不只是平时周末的休息，而是带着一种深沉的情感，和父母、和家人、和亲戚朋友的一种互动，一种关爱，一种温暖。特别是当下总体经济繁荣城乡经济却不均衡，更加重了谋身立命之地和故乡的分离。所以，回家过年就更显得迫切了。从每年春运开始的"一票难求"就可见一斑。无论多难，挣来多少钱，如俗语所言，"有钱没钱，回家过年"。

纵使常常不在家，家所承载的美好、温馨、温暖是永远召唤游子的手。年节就要到了，回家，回家，回家过年。过年才可感受久违的亲情、友情和乡情。走出家门，一风一物，皆能唤起昔日记忆；一景一人，皆能打开一番场景。于是乎，寂静的乡村沸腾了，平常日子街巷几近无人，连留守儿童都少见，最多可见几个行动不便的老人。只有过年前后才能看见青年人三五成群地晃着，这些人正是前两天走在回家路上的打工者、求学者、在外工作者。不论如何，回来了，就绝对不是一个人晃着了。

回家过年，每一个字在过年这几天都跳动在中国人的心里。我的前办公室美女同事，前几天回临潼看望父母，有感于"远嫁的女儿，是父母丢失的孩子"，她认为现实的真相更确切地应当说成是"父母才是远嫁的女儿遗弃了的孩子"。说得多好啊，自从离开这个小县城，投奔她爱人所在的大城市，她也混得如鱼得水，唯一放心不下的是父母的身体。而后稍作停留，又马不停蹄地赶回爱人的老家。年前紧张的日子里，三个省份的跨越，无非是为了既能照顾小家，又能照顾老家，照顾彼此的乡愁，照顾彼此的爹妈。而她的公婆于他们之前已先行回到老家，也绝对不是为了一个小家的团聚。回家过年，没回到从小长大的家，总感觉似浮萍身无所系。而只有回到这个家，这个一生割舍不下的盛放亲情、乡情的地方,人们的身心才能彻底放松。站在岁末年尾,和亲戚朋友共叙旧日情怀,共展未来愿景,是多么惬意的一件事啊。

"每逢佳节倍思亲。"中国传统节日里面,恐怕没有哪个节日能比得上春节在中国人心中的分量了。在这祭祀祖先祝福后人、总结旧年展望新春的节日里,嫁出去的女儿回娘家也很重要。特别是如我同事一样的远嫁女儿,恐怕只有这个节日能让女儿们回娘家多住几日,以宽慰长久的牵挂思念之苦。回家,回家,不管路途多么遥远,不管路途多么艰险,只要上了车,这车可以是火车,可以是汽车,甚至可以是摩托,只要上了车,沿途所见都是美景,美景不断闪过,最后达到心里最熨帖的目的地——家。没有"近乡情更怯",只有近乡情更美。进到家门,看到家人,心就稳妥了。回家过年,走在归途,心却早已飞到了家。如同南宋那些爱国诗人对于北方故国的思念,家是再繁华的都市都代替不了的牵挂、思念和精神家园。

想起大学毕业的最后一个寒假,在深长的陕师大校园路上,小曾同学守护着行李,似在等候老乡,看见我一笑,我赠他一句:"回家过年!"他十分愉悦地回应我:"回家过年!"我知道,那个时候,这四个字顶过千言万语。如今他已在大城市定居,但仍不忘在朋友圈晒回老家过年的欣喜。我知道,不只小曾,很多似小曾的朋友每年都这样欣喜着,只要回家过年,欣喜就会继续。

假如他乡遇故知,他乡遇发小,"走,回家过年!""走,回家过年!"是不是会出现小时候一起搭肩的场景?

2018 年 2 月 15 日

以奔跑的姿态迎接辛丑牛年

"人生很短,马拉松很长。"冯唐用这句话概括了他四十岁后才明白的人生道理。拉他入伙的同事说:慢速长跑能让人快乐;能让人独处,效果类似参禅静修;是人类最大的优势之一。

人到中年,生命曲线从高峰跌下,工作和家庭的负担曲线却一直上升,这两条曲线在40岁后呈剪刀状相交。面对"中年剪刀",有种说法是,中年人如果不关注心理和身体健康,易被"一剪没"。

人这一生,青年以前身体走上坡路,可能游戏式的运动更吸引人,借助运动工具或运动器材,在游戏规则里完成竞技达到锻炼身体的效果。进入中年,才发现只需抬腿的跑步最简单,不需要团队,不需要外物,且随时随地。所以,跑步更像是中年人面对所谓"中年危机"的一场自我救赎。

日本作家村上春树说,因为从33岁开始坚持跑步,这几十年身体倍儿棒，没生过病。也正因为通过跑步有了强健的体魄，才能成为一个好的作家。"我的肌肉越强壮，我的思路就越清晰。"中国著名作家刘震云也把跑步当作他精神修炼的途径，他说："跑步有四个阶段，一是坚持；二是你身体需要跑步，跑步会让你身体越来越好；三是你心理需要跑步，跑步能让你精神愉快；四是不跑步不行，什么也干不了。"陕西文学的后起之旗陈彦老师，说他从十几年前开始早晨一边跑步一边背诵，把《论语》《大学》《中庸》《孟子》《庄子》《道德经》和一些佛教经文，十几万字全背了下来。

作家们用跑步成就自己，给养读者。企业家用跑步调控自己，积累财富。普通人用跑步告别油腻、恢复身材、重获健康、缓解压力。尼采说："知道为什么而活的人，便能生存。"同样，那些知道为何而跑的中年人，凑成了近十年世界马拉松赛事急剧火爆的原因。

其实早在1957年，加拿大心理学家雅克就提到，"中年危机"来源于人到中年，开始意识到自己生命的有限，然后，会怕死，有压力。变老的过程中，自省和反思，往往更让人焦虑，甚至抑郁。于是人们发现运动跑步能解决这个生命课题。研究发现，跑者的大脑会释放一种化学物质内啡肽，内啡肽能产生止痛效果和欣快感，或者叫满足感和成就感。

冯唐说跑起来才体会到："跑步能让我的脑子暂时停止思考，脑子的闪存清空，绝大多数的纠结抹平。如果还放不下，就再跑五公里。放下之后再拿起，心神中会多出很多新意。"冯唐又被称为斜杠青年，无论是斜杠青年还是斜杠中年，都代表着一个人在多领域的潜能被挖掘，而要在多个领域有所作为，充沛的精力和全神贯注的注意力是基础，跑步是保障精气神最便利的方法。所以冯唐在《人生很短，马拉松很长》一文结尾说：人生苦短，想不开的时候，跑步；还想不开，再多跑些。10公里不够，半马；半马不够，全马。

2021，辛丑牛年，牛喜用自身能力创造生活。新的牛年，愿我们牛气十足，牛力全开。用奔跑的姿势，迎接牛气冲天的牛年。跑起来吧，中年"老牛"们。

2021年2月8日

2018，知而向乐

我所说的知而向乐是来自个体感受的美好，这种美好的依托物就是幸福的源泉。这个依托物可能是一个人的兴趣爱好，或者是保障个体生命质量的动力，或者说是个体生命和外在世界的一种平衡，甚或说是充盈自己人生、愉悦自己身心的一种外物。

一个非常要好的同事，常人也许只看到她未生育的不圆满，她却将日子过成了诗。本身就是美术老师的她，所有生活一切向美，经她的手，普通的一张纸可变艺术品，粮食可变艺术品，碎布头可变艺术品。现在好了，我猜测可能是身体的原因，她又迷上了瑜伽，目标很远大，考取瑜伽教练证书。以前看她脸上还有痘痕，现在直接脸上放光，那是一种健康润泽而不加任何修饰的"炉边人似月"式的美女范。由此是否能推断，那些所谓的"天生丽质",除了先天的遗传,就是后天的锻造了。当然这锻造肯定包括美食的滋养,适宜的锻炼,或者叫养育身心的外在一物。于我的美女同事,瑜伽让她的生命更见光彩,也让她找到了更有意义的生活方式。

想起一个红透西安的瑜伽奶奶——胡彩兰。胡彩兰今年75岁,自从八年前爱上瑜伽,年轻时体弱多病的她,年老后反而没有了疾病侵扰。加上她免费教授大家练瑜伽,心情好,内心充实,生活质量反而提升了。由此可见,不关年龄,只要有心,坚持有益身心的事,身心也会愉悦,从而提升生命的质量。

我的老乡哥,在父母都是八十多岁高龄、生活不能自理的情况下,他一直坚持跑步,正是跑步让他的生命保持一种平衡。他每天抽出时间坚持跑十公里,不仅使他避免了中年油腻,更使他身体健康,每天精力充沛,能比较轻松地应对繁重的工作和家务:每天眼一睁就到父母家开始收拾,送早点或做早点;完了按时上班,中午再去做饭;下午上班,下班再去做饭,晚上陪父母到换洗一晚上的所需。周末更是大洗,从褥子到被子,从外衣到内衣,包括要打扫房子,背起一米八的父亲到另一个房子。他说要不是坚持跑步,他早就累垮了。那种迎面而来的清爽,是每天坚持跑出来的。所以,活着必须有一个个"杠杆",来平衡我们的身心,使身心不致疲惫、无聊乃至失望。周国平说:"人最宝贵的东西是生命和心灵,把命照看好,把心安顿好,人生即是圆满。"他们三个,心系之处,就是安顿心的地方,"此心安处是吾乡"。

古人云:"哀莫大于心死。"坚持一个爱好,持之以恒,过程很美,某一天说不准还会有大惊喜呢!

玛利亚·罗宾森说:"没有人可以回到过去重新开始,但每个人都可以从现在开始创造全新的未来。"

2018,站在又一个新年的门槛上,你是否心有所知,心有所念,那念念不忘的小小心愿,关乎人性的美好,生命的质量。

2018 年 1 月 21 日

/ 四季 /

四月，赴一场春天的邀请

在路上

  2014 年春天，周主编打电话邀我参加"秦岭印象"在汉中的采风活动。接电话的时候，我正在大羌市的一家大医院准备做一个小手术，只能很快回绝了他。一两周后俊男美女们在一望无垠的油菜花前、著名的景点前合影留念的身影就上了杂志，而我只能望景兴叹。那个春天，那年四月，对于我，整个都是灰色的。久未有过的孕育事业，因为我的无知在一片欣喜中悄然陨落，留给我莫大的悲伤。整个春天的很多时候我都是在床上度过的。后来除了上班，哪里也未曾去过，更多的时候处于疗伤的状态。

  光阴并不因为我的心情而停止脚步。好在老天眷顾，2015 年春天，当张主席打电话邀我去西安南郊参加陕西省散文学会成立大会时，彼时我正挺着大肚子在广场花园转悠，只能又一次谢绝美意，错失了一次和文友沟通的机会，也错失一次成为陕西散文学会会员的机会。那个春天一结束，我的小王就来到了人世间。

从此，我的生活已无四季。四季轮回，我无暇顾及，只生活在工作与家庭的水深火热之中。一场场文学盛事只出现在我的朋友圈里。不经意，三年都快过去了。小王也快三岁了，当新的春天来临，日子依然琐碎，可亚凤一邀请，我就欣然应允。即便这个过程中充满了不确定性，我还是力排万难，感谢我的家人，特别是小王的小姨一家，从包头过来帮我带他，小姨的女儿也就是小王的小姐姐还放弃了幼儿园的汇报表演，让我无后顾之忧，全身而退，前往两当。

对于两当，我充满了向往。向往来自这个名词的厚重，厚重来源于我对陕北红军的偏爱。我第一次知道两当兵变的时候，就对这个地方产生了莫名的好感。才知道甘肃两当和陕西凤县毗邻，知道了两当兵变原来就在凤县策划。对于凤县，因为有一个故交最近几年一直在那里工作，他多次邀约，我多次应允，却从未成行，甚是难为情面。但有时候，真会因为一个人而爱上一座城，从而对这座城饱含感情，时时不忘关注。

14日，清晨的第一缕阳光洒满三秦大地的时候，我们已经到达大散关了。"铁马秋风大散关"，多么宏伟的气势，陆游给予我们的历史力量，从未消退，今日有幸亲近，内心依然汹涌澎湃。车行进在蜿蜒曲折的山路上，大家在车上讨论着沿途优美的自然风光。我正透过车窗玻璃沉浸在窗外雨后清新的绿意、一个又一个瀑布、包括阳光下星星点点的积雪里，忽听到有人喊，到灵官峡了。循声望去，果然小学课本上的"灵官峡"三字赫然醒目于石壁之上。紧接着车进入杜鹏程描绘的"一眼望不到天"的峡谷里，两边山崖直立，崖上有雕龙图案。姚老师介绍说，这里准备打造宝成铁路文化主题公园，原来的隧道因为太低，常遭洪水淹没，如今已废弃不用。但那种战天斗地的开凿开创精神不能忘却，无论今天有多少人批评《夜走灵官峡》的无人道主义，也改变不了它彪炳史册的历史意义。

车过峡谷，进入甘肃两当境内，山上的植被就没有宝鸡这边葱茏了。但这并不影响路况，和暂时失修的相邻的陕界国道相比，甘肃境内路况好很多。正在修建的两（当）徽（县）高速公路已初具规模，整齐划一的高大水泥钢筋柱矗立路旁，蓝天白云之下，蔚为壮观。

杨店乡和两当县城

内心正奔腾着，车已到达陈家沟村村口。东道主已在此等候多时。随后，我们一路进沟，来到灵官峡村陈家沟，这里几乎四面环山，只留一条沟通往国道，我们的车子就是顺着沿沟修筑的路进到村子的广场上，极目四望，美不胜收，每一个较远的山头似乎都有神灵召唤。吃罢午饭，顺着已经修造好的木廊，大家漫步于陈家沟樱花园，到达一个台阶之上，一起盯着一个山头，有人提议说："我们上去吧。"导游小田说："还是去张果老洞吧，那里有一座山，我带大家去爬。"

果老洞在316国道南侧，上行几乎直立，沿着已修筑好的水泥台阶一步一阶，没走多久就已气喘，不知当年果老修道有多艰难？没有一些异于常人的真本事，又怎能超越凡人得道成仙呢？脚沉头晕间，已到较小的平台上，往里崖壁山洞内，为张果老修真处。对面悬空亭扑面而来，一柱擎天的八角亭与悬空亭成犄角，悬空亭后石柱陡立，与殿后登真洞一字排开，明暗互补气势万千。据《两当县新志·名迹篇》载："城东十五里鹫䴉（yuè zhuó）山有'登真洞'，相传为唐通玄先生张果修真处，洞高一丈深百尺，有水自顶注入石池中，旁石震之有声，又名石鼓洞。真洞由三洞一阁相嵌而成，叠连成轴。其中二洞与三洞皆幽深莫测，内塑果老倚榻，八仙聚会与董真人造访等群塑，形象逼真，谈笑风趣，各具姿态，意趣盎然。"

鹫䴉这个生僻词，《国语·周语上》云："周之兴也，鹫䴉鸣于岐山。"鹫䴉为古代传说中的一种水鸟，现为山名，在两当县境内。许慎在《说文解字》说鹫䴉是凤凰的一种。蔡衡言："凤之类有五，其色赤文章凤也，青者鸾也，黄者鹓雏也，白者鸿鹄也，紫者鹫䴉也。"由此可见，凤凰并不是一种鸟，而是泛指一种鸟类，有许多不同的亚种，各种不同的凤凰颜色也不同。

"鹫䴉山"一名最早见于东晋葛洪的《抱朴子·外篇》，文中讲到鹫䴉氏自东方来，狻猊氏自西域至，路遇中华子于野互不让道，"相与竞虚谈，以声战胜负"。于是，鹫䴉氏绘声绘色地讲述了他从东海一路飞来所见到的山光水色，阡陌纵横，鹤翔天空，鱼游浅底的景象；狻猊则滔滔不绝地描绘了一番昆仑苍茫,雪域壮美,戈壁沙漠辽阔,千里草原春翠秋枯。双方辩论到激烈时,"鸑鷟氏磨距砺吻以咀戏闻,狻猊氏奋毛掉尾以侯鸣震"。一旁观战的中华子叹曰:"近谓诸身则鸑鷟之说,远谓诸物则狻猊之说。"鸑鷟和狻猊闻言,皆有愧色,"背彼默场合",遂化作鸑鷟和狻猊二山。狻猊山今天不知何在,好在我们了解到这座鸑鷟山是和中国人心目中吉祥的神鸟联系在一起的,那么这里也就变成了吉祥之地、福地,我们身处福地,似乎都成了有福之人。

从果老洞往北走过天桥到达"凤凰山"脚下,相传曾有凤凰从这里飞起而得名,山的顶峰建有"凤凰"标志,顺着石崖走下去就到了凤凰窝。如果说南峰鸑鷟仙山林蔓如织,青障如壁;那么北峰凤凰山则苍松翠柏如涛似浪,清新醉人。人游其中,如置梦幻般仙境,宁静忘忧。

人处美景中,时间也似慢了下来。五点左右我们到达两当兵变纪念馆,工作人员已经下班。大家一致决定去兵变遗址地"老南街"。老南街处于最繁华的东大街尽头,也是两当县的商业步行街,其建筑古色古香,散步其中却发现人迹寥寥,商铺店面早已关门歇业。问导游小田,她说这个时候商铺都已经下班了。两当县人口总共5.02万,县城只有一万人,这个时候大家都回家做饭吃饭了。多么美的一个山间小城啊,要求汽车时速不能超过20公里,我们坐在车上刚好慢慢欣赏路边河岸的碧树繁花。化用白居易的《大林寺桃花》,我们也作诗一首:人间四月已过半,两当樱花正繁间。长恨春归无觅处,不知转入此中来。转入此中的我们被这青山绿水环绕的小城吸引,目光所及,远近皆是美景。

俯仰之间有一种沉醉的感觉。同行的美女都很享受这难得的休闲和安宁，每个人都洋溢着久违的快乐。嘴里不停地夸着两当是个养生的好地方。真是"城寓山水，人在景中"，让人流连忘返。

黄昏时分，我们再回到陈家沟。饭罢，两个人一组合，住到一农家，我和亚凤及她家小美女茉儿被安排在一位小名叫果果的小女孩家。小女孩很喜欢来我们房间，也可能是茉儿的缘故，不时地告诉我们她奶奶叫什么名字，她爷爷叫张老汉，逗得大家哈哈大笑。她爸爸妈妈去了广东打工，她在两当县城上幼儿园……我和亚凤都很庆幸在张果老的故里住在张果果的家，这冥冥之中有着怎样的天意？大家都很开心。即便那天晚上冷到不愿意下床，但这样的机会很难再有了吧？这样的萍水相逢，彼此温暖的场面，人生当中肯定不止一次，但不论多少次，曾经给予我们生命中温暖的过客，因某一个场景、某一个触动想起来，都会氤氲了我们的时光，滋润了心田。

陈家沟村民以土地入股集体成立合作社，合作社和中道旅游公司合作开发陈家沟，形成了公司加农户共同发展的新时期经营模式。农村、山里特有的优势资源被利用，城乡资源合理配置，优化组合，达到了双赢的结果。

龙潭和云屏山

城乡优化组合开发，龙潭开发者应该也是这么设想的。听小田说，因为要保持生态平衡，景区被叫停。因此我们去的龙潭就有了原始的成分。第二天一大早，景区内清凉宁静到阴冷，即便有阳光透过山谷和树叶洒进来。这里的草木得龙潭水的滋养，茂林修竹，葱茏绵密，走在水边，攀岩而上，让人产生一种能寻到源头的征兆，能寻到龙的快意。

龙潭尚处于半开发状态，也因为时间关系，我们只能离开。我们的车子跟着梁经理的车翻山越岭，忽而上忽而下，透过车窗尽是蓝天绿山，路边细小的清流，清流旁吃草的闲适的山羊。人若置于画卷中徜徉。

惊喜中，梁经理说，云屏山到了。是时，雨后十点的太阳照耀着山川、河流，还有游走在木廊上的我们。天空蓝到极致，看不到一朵白云，只能看到山坡北面成片的积雪，看到山坡上各种绿意和成片黄色的、挺拔直立的树干，漂亮极了。身处其中，呼吸都是畅快的。畅快的身心来自大自然的馈赠，来自人间四月的馈赠。此时游人不多，空气里只有各种花草的芳香、各处溪流的湿润，一群人谈笑风生，驻足摄影。意犹未尽时，已到中午，梁经理告诉我们就在云屏山景区入口用餐，食物全部是乡民自种自收、自养自杀的，真正的绿色无污染。饱餐之后，果然如此，豌豆粉做的面条，其色其味，都是至高的享受。

云屏山生态环境的好坏，鸟和它的巢都会告诉我们答案。喜鹊大，巢更大，鸟巢置于空旷的天地之间，形成一幅绝美的画。感谢云屏山，感谢陈家沟，感谢司机师傅，感谢一路同行的所有老师。因为你们，这个春天，这个四月，我也芬芳了一回。

2018 年 4 月 20 日

火红的石榴花

在中国,红色代表着喜庆、吉祥、豪放、积极、热情等,前缀"火"字,则更增添了热烈奔放之感。因此,用"火红"来形容五月的石榴花就再恰当不过了。

"五月榴花照眼明,枝间时见子初成。"韩愈一句,就勾勒出了五月石榴花开时的繁茂烂漫景象和人们看到这番景象后的愉悦心情。诗句里的"照眼"就是我们今天说的耀眼,火红的石榴花在阳光的照耀下让诗人觉得明亮无比,心情也随之明亮起来。

到北宋,梅尧臣写石榴花:"春花开尽见深红,夏叶始繁明浅绿。"王安石《咏石榴花》:"今朝五月正清和,榴花诗句入禅那。"由此可见仲夏五月是石榴花开最繁盛的时节。从西汉张骞带回石榴籽开始,两千年来,"年年岁岁红五月,石榴花开满长安"。关中儿童歌谣里面有关于一年每个月的花词:"正月梅花迎春来,二月杏花风中俏,三月桃花绕粉蝶,四月蔷薇满篱台,五月榴花红似火,六月荷花池塘开,七月凤仙轻轻摇,八月桂花香远飘……""五月榴花红似火",因而农历五月又被称为"榴月"。

五月端阳,既是石榴花盛开的时候,却也是瘟疫最易流行之时,传说驱邪捉鬼的钟馗,因为种种机缘巧合,便当仁不让地成了五月石榴花的花神。当然随着历史的演变,钟馗成了民间的万应神,福禄寿喜、生老病死都可以向他求助。民间流行的钟馗画像,钟馗不仅穿红色衣物,而且耳边大多插着一朵艳红的石榴花,都是他成为石榴花花神的体现。

明代,人们在插花时,石榴花总被列为花主之一,也称为花盟主。周围再用栀子花、蜀葵、孩儿菊、石竹、紫薇等陪衬,这些花于是就被称为花客卿或者花使令,可见明朝人对石榴花的推崇。

现代人对石榴花的喜爱和青睐,则更直接和大气。石榴花不仅是陕西西安的市花,也是山东枣庄、湖北十堰、黄石、荆门、河南新乡、驻马店的市花,安徽合肥的市花之一,还是韩国晋州市的市花,而地处地中海沿岸的国家西班牙、利比亚更把石榴花上升到国花的高度。对石榴花的热爱,已然超越了时空,成为古今中外很多人的共识。

石榴花成为中国人选城市市花最多的花卉之一,仅排在月季、杜鹃之后,居第三位。把牡丹、荷花、菊花等传统名花远远地甩在身后。取胜的法宝应该就是其火红的颜色吧?中国红,是中国人向来喜欢的颜色,满枝火红的石榴花象征着繁荣、美好、红红火火的日子。中国人谁不向往过红红火火的日子?火红的石榴花给了我们每个人这样的愿景。

说石榴花，就绕不过"石榴裙"。"石榴裙"一词最早出现在六朝诗人何思澄诗歌《南苑逢美人》中："风卷葡萄带，日照石榴裙。"这里的石榴裙就指红色的裙子。而"石榴裙"的名称，最早见于南北朝梁元帝的《乌栖曲》："芙蓉为带石榴裙。"这一句形容女子跳舞时的样子，飘逸的裙子就如同石榴花绽放那么美，尽显迷人风韵；也说明了古代女子喜欢穿石榴花颜色的裙子，当然这种染红裙子的染料正是石榴花，从此以后就把这种红裙称为"石榴裙"。也是从这个时候开始，"石榴裙"慢慢成为美女的代名词。

当然，让"石榴裙"扬名天下的是唐朝。大唐盛世的开放进取、兼容并蓄，使得服饰也一改前朝的拘束，"石榴裙"大放异彩。"石榴裙"如同石榴花般火红、轻薄、娇艳、丝质的手感，尽显女子妩媚、婉约、柔美的姿态。而大唐最耀眼的两个女人——武则天和杨玉环，更是将"石榴裙"推到了顶峰。大唐历史绕不过她们，"石榴裙"更绕不过她们，不知是"石榴裙"成就了她们，还是她们成就了"石榴裙"。唯一能知道的是，她们和"石榴裙"都有一段绕不过去的历史故事。人们太爱石榴花了，也因此爱"石榴裙"。就连诗仙李白都绕不过："移舟木兰棹，行酒石榴裙。"

石榴花，火红的石榴花，这一通过丝绸之路引入中国的异域之花，如今早已成为中国各地人们喜爱的文明之花、中外交融之花。石榴花邮票、石榴花剪纸……石榴花以其绚丽的身姿，傲然挺立在中国大地的各个角落，挺立在世界人们的心中。因为它太美了，太有用了，又美又有用。石榴花不止可欣赏，可入诗，可入画，可寄托情怀；更可辟邪，可入药，可酿酒，可做蜜源，可做食材，可成为有价值有实力的人类营养品。

石榴花雌雄同体，异株授粉。"微雨过，小荷翻，榴花开欲然。"石榴花盛开着，明朗、娇艳；含苞着，丰满、羞怯。因雌蕊的发育程度不同，分为完全花和不完全花。完全花呈倒葫芦状或筒花状，也俗称"大屁股果花"，最后花落果实；不完全花呈喇叭形或钟状，俗称"尖屁股幌花"，不能受精结实。雄蕊又分单瓣花和重瓣花，单瓣花雄蕊长在萼桶上，重瓣花雄蕊多瓣花，都不结果实。不能受精结实的石榴花，刚好采摘回家以备食用。石榴花有清热解毒、健胃润肺、涩肠止血等功效。最简单的用法，天热如流鼻血，可将石榴花揉捏一起，塞入鼻中，止血效果不错。石榴花晾晒后泡茶，可补益气血、美容养颜、滋养肌肤、补充营养、延缓衰老。石榴花是女人花，清新耐用，无风香自远。

中国人的厨房功夫是一绝，他们擅长用各种天然食材做美食，李子柒的爆红是最有力的证明。人们将不能结实的石榴花摘下，剔去花蕊和花瓣，洗净花萼，过水烫去苦涩，与韭菜、火腿肠等配菜翻炒，制成一道色香味俱佳的菜肴。石榴花，让人们品尝到美食的同时也达到了养生的目的，石榴花，不红不行。

石榴花的火红还象征美丽、富贵和子孙满堂，象征着中国人希望的繁荣美好、红红火火、多子多福的幸福生活。生如夏花。活着，就要像夏天火红的石榴花那样绚丽烂漫，红得通透、纯粹，火得热烈、奔放。

2020 年 5 月 25 日

乡
村

/ 乡村 /

永远的村庄

熟悉新丰镇的人,看到我的姓,都以为我是刘寨的。刘寨名气大,因为刘邦。我就得给人解释,我是樊赵刘也的。"樊赵"这个词,因为樊赵班车,在临潼几乎人人皆知,至于其他,知道的人就不多了,而我的村子知道的人就更少。

我的村子全名滹(hū)沱刘也。我爷爷说,这个名字来源于明朝万历年间的大移民,村子是从北京滹沱河边一个刘姓村庄迁徙过来的,从那里迁过来在临潼落脚的还有马额的滹沱刘也、北田的滹沱刘也。1949年前每逢清明他们都会来到我们村子共同祭祖上坟。后来慢慢就不来了。同时期刘家庄离开滹沱河还有迁往甘肃平凉的,开始很多年和临潼的滹沱刘也都有走动,后来随着时空变换就失去了联系。

我上网去查爷爷说的话,了解到滹沱河发源山西,流经河北,最后汇入天津海河而流入渤海。网上关于北京滹沱河的介绍特别少，很难找到关于滹沱河边始迁地的具体介绍。凭着祖辈的口耳相传和我网上的考证，应该是作为北京五大水系的滹沱河雨季很容易遭灾，有位博主七槐子在他的《又说滹沱河》一文中就提道："父母说起滹沱河，总是呈现出敬畏惊悚的神色，诉说一年又一年、一回又一回，洪峰怎样高过村西头百年老柳树，几乎舔到了高台上某家财主的房基，滚滚浊流里裹挟着屋檩、躺柜、门窗、猪羊猫狗和人的尸体等等，惊天席地洗掠而下。四野八乡房舍都在摇晃，幼儿吓得不敢啼哭，老人忙不迭地跪下去焚香祷告……"而关中又在村子迁徙之前发生过华州八级大地震，很多地方人烟稀少，这样的迁徙应该是国计民生的好事。

于是我的先辈们就在现在的村子开始了新的生活。再后来发生的事情都是我父亲讲的。我的家族迁居到现在的村子，先辈们努力发展生产，注重里外经营，不久就成为刘也村庄主。1949年以前和何寨圣力寺村田家大财东、新丰侯也"豁豁"（明朝时已有四百年历史的新丰当地大财东）都有来往，相传我的祖上老爷过生日，他们成队的下人抬着礼物往我家走。

父亲还说，现在的村子中央，以前有一座石头庙（所以村子也有被讹传成石头刘也，滹沱在当地念成"kù tóng"，和方言中的石头发音相近，因此周边村子人就常常混淆不清），石头庙分为上下两殿，庙前有两棵高大且常年苍翠的老柏树，马额、金山上的商贩要过渭河到北岸做生意，常会在这里歇脚。缓口气后就到胡家窑渡口去坐船。可惜这两棵很有年头的老柏树，在中华人民共和国马上要成立的时候，被保长挖掉卖掉了。石头庙如今只在村里年龄稍长的人心里留下了名词。好在那个保长挖开的树根下有一块石碑,上书"先有秦樊,后有高刘"的字样。

这说明了刘家村姓氏的繁衍和变化。现在流传下来说有一个大财东秦满库,他的家就在我们村现在的下北街,整个街道都是他的家。因为瘟疫使得整个秦姓灭门了。樊姓也已不得知后况,高姓在瘟疫中因为一个孩子跟着母亲回了河南娘家而幸免于难,如今就只留下这一家。现在村子基本上都姓刘。刘家村人善良、友好、包容,接纳了因为渭河发大水无家可归的樊姓、赵姓,所以现在刘家村还有为数不少的樊家村、赵家村的后人。

"汉冢唐塔猪(朱)打圈。"20世纪60年代村上的城墙依然存在。70年代还可以看到残迹。村东南有一片地叫"官路东",说明以前从西安到渭南的国道是经过我的村子的,因此相邻的村子叫毛家店,毛家店过去曾经成为过往商客住宿歇脚的地方,如今叫五店村,已合并至樊赵村。村子里有做酒的人,所以有留下的地名叫"酒夫南畛"。还有村西南角有柳巷子、yán巷子,因为是音传,不得而知是姓严还是闫。说明有柳姓和yán姓人在此居住,是否因为大地震让他们物是人非,也无从考证。只有留下的地名让人无限遐想。

1949年以前刘家村只有24户人家,而今已经发展成为100多户的大村子。村北的柿子园是村上的公墓,谐音让我从小以为陵园都是柿子园。关中话里柿和死同音。两家企业——电子厂和纺纱厂,解决了樊赵村很多留守妇女的就业问题,大型机械3台,家家有三轮,成为农忙时节的最大帮手。村子里农闲时男人们都出去搞副业,妇女们只要管好家里就成。我回家很多时候都能听到舞曲,能看到舞曲伴奏下她们曼妙的身姿。感叹新时期农村生活的恬静与欢快、田间如画的风景和抬头所见的蓝天。

现在，已经建成通车的渭河河堤路直通老家，自驾从河堤路回家，一路美景相随。渭河水千年万年流淌，至新丰席家一改自西向东的流向，转而北折，直到何寨境内又复东流去。所以这一带我们和渭北就互称河东河西。我的村子再往南一点，就是国道、陇海线，国道上的新丰坐落着具有现代气息的各种工厂，而新丰镇火车站更是亚洲最大的编组站。夹在河东这个小角落的这一带村子，似乎被现代文明忘却了，远离喧嚣，宁静而又古朴。我的村子就坐落其中，总有一种与现代文明似远似近的感觉，出有班车可至县城，归可听见最质朴的鸡鸣狗叫，所以很多时候回去了就不想再回城，总想多住些日子，放下所有的疲惫，给灵魂一点时间，歇歇再出发。

我的村子是相当一部分关中农村的样子，崇文重学一直是村子的传统，虽然没有出现大人物，但20世纪60年代的老牌大学生，中华人民共和国成立后的博士、硕士、本科生一代代走出去，谁又能忘了她的样子和亲切的感觉呢，说起她，每个人心中都有一本书，那里有着太多农人之后的心灵寄托和深切怀念，承载着太多成长的足迹和心灵慰藉。

家乡情结不是文学的感叹，而是现实的真切体会。只有真实地了解她的过去，真切地感受她的现在，才能享受到作为乡村人的幸福和豪迈。

不管走到哪里，我的村庄都是我永远的心灵港湾和永远的精神后盾。

2013年10月1日

/乡村/

乡村过年纪事

再怎么比较,我还是觉得中国乡村承载了中国传统更多的东西,特别是过年。"过年"不仅是重大节日,属于节庆民俗;也是节气,属于时令民俗。那种团圆的狂欢和对新春的希望叠加杂糅,必须是熟人社会的乡土习惯(对比"陌生人组成的现代社会"),必须是踏实踩在大地之上的美好展望。

费孝通在《乡土中国》里说,"乡土中国"在某种意义上是中国传统的符号。因此"回家过年"的动感,总让人浮想起穿越无数异土、回归熟土的复杂情感。土不仅是草木之家,更是中国人的根,是刻在中国人身上的烙印。远方游子云:"一包故乡土,千里家乡根。"

如今的乡村,或者说现代社会下的乡村,平时村道安静得几近无人,夏秋两季繁忙几日过后,只在下午有留守的老人锻炼溜达的身影。老家周边小学撤点并校,学生都集中到资源较好的乡镇小学。更多的家庭平时全家定居于小镇、县城甚至省城,只在过年举家回来,打扫、聚会、宴请,村道才有了人气:大人找大人,同伴找同伴,老人找老人,每个人都显得那么从容淡定。

特别是小孩子们,如牢笼飞出的小鸟,认识的、不认识的,见过的、没见过的,回奶奶家的、回外婆家的,没有生疏,很快从对门隔壁出来会聚村道,打成一片,一会儿在这边玩这个游戏,嘻嘻哈哈;一会儿在那边玩另一个游戏,大喊大叫。他们竟然在我雪利姐门口的一截木头上玩得不亦乐乎:那截木头斜放在一个闲置的碌碡上,孩子们一个一个从挨着地面的一头走着平衡木,走到碌碡这头再"飞"下来,循环往复,乐此不疲,开心至极。

从下午四点一直玩到天黑,小刘拿出小烟花,分发给大家,每个人都看着自己手里的烟花,小小的脸在烟花的照耀下,专注的神情成为童年的美好写照。他们当中,只有兰馨跟着在村小当老师的妈妈留守村子,村小听说其中有个年级只有两个娃,所以平时的村道很少见到这么多孩子,安红哥走过去,打招呼道:"一回来,就你门口娃多。"

想起三十年前我们在村小上学,一个年级两个班,一个班四五十人,一个学校五六百人,现在整个学校就剩下十来个娃了,学校还在,就是留守儿童的福分,也是乡村活力的保障。

如今的乡村,人气只在过年。只有过年,村道才会有来来往往走亲戚的车辆,有出出进进在家过年的打工人。夏秋两收已不包括其中，机械化代替了人工，粮食的收入让很多人放弃了春种夏收。土地流转，成片的西瓜大棚、蔬菜大棚，已经和村子没有多大关系了，都是外来人的规模化种植。

天空还是三十年前的天空，土地也是，但生活方式完全改变了，面朝黄土背朝天成为诗意的生活象征，成为健康生活的象征，无论是回归还是前行，乡村都是我们的加油站，在外打拼一年了，过年回到家出进迎送都是休息，是另类的休息，是收集乡村信息的休息，是收集亲人信息的休息。休息的时候，是思想最活跃的时候，连接过去与未来，怎么再出发，那些蓝图与规划如同枯叶底下的芽苗，正在积聚力量，等待迸发。

2022 年 2 月 5 日

小时候过年的记忆

"流光容易把人抛。"《揭秘月饼的前世今生》一文强调了"除夕的团圆更多在于怀惕惕之心应对流年的变迁"。随着年岁的增长,这种感觉到了年末岁尾尤为强烈。加上如今物质生活的富足,那种根深蒂固萦绕在心头对年的期盼,变成了深深的恐惧。而年少时对于过年的渴望、向往以及眷恋成为我内心最为熨帖、温暖的记忆。

记忆中,小时候的冬天,下雪的日子很多。早晨要去上学了,屋外白茫茫一片,天地一片洁净、祥和的感觉。那个时候学到一个词叫"银装素裹",觉得恰当极了。那时候的冬天是真冷,干净的、肃穆的冷。只是那个时候,我根本没有冷的意识,因为课本里还说"瑞雪兆丰年""冬天雪盖三层被,来年枕着馒头睡"。因此就觉得冬天冷得理所当然,不管是下雪还是融雪,都觉得来年是个丰收年，并为能有这样的丰收年而早早地幸福着，即使在没有任何取暖设施的教室、室外或者家里。我的幸福和雪花一样纯洁。

我想，这幸福，有一个不能跳过的原因，那就是快要过新年了。

"新年到，穿新衣，戴新帽。"那种年的味道，一到腊月二十三，便开始浓烈起来。作为孩子的我们往往兴奋得不能自已。父亲这几天都会去集市，买回过年要用的食物。猪肉是必不可少的，而且多，记忆中自行车的后座上总是驮着一吊子肉回家来，不知道是二十斤还是四十斤。两旁再搭两个蛇皮袋子，里面装满了各种蔬菜。前面的车把上会搭一个篮子，最上面放着不能挤压的豆腐，下面往往是瓜子、花生、核桃，以及那时时兴的水果糖，有时候还会意外地发现有柿饼。每当这些天太阳快要落山的时候，我们就会在家门口等候父亲，等父亲把他的二八自行车撑好，就一人拿一件往家里扛了。父亲问过母亲还缺啥，第二天再去集市，就是补充性的了，只是这种补充有时候也得三四回。而两条鱼总是最后回来。现在想来，估计父亲怕买早了，养死了、不新鲜的缘故。只听他说，吃鱼就能年年有余。这是我第一次听到这个寓意，但从此就永存心中了。

父亲还会专门去一趟集市，是为我们姊妹买回过年的新衣服。因为家离集市较远，买的时候我们都不去集市，但回来穿的都合适，并因为合适而开心和快乐。

母亲会从腊月二十六或者二十七开始蒸馍。之所以时间不等，得看当年的腊月是二十九天还是三十天。母亲要在新年的前三天把初一到十五的馍蒸出来。首先是油包子，大的、长的、月牙形的，像小船。里面包的是面、植物油、盐和水和在一起的油。一般蒸三锅,用来走亲戚。母亲总以她蒸的油包子大、样子好看为荣。第二天开始蒸家里吃的菜包子、肉包子、豆沙包子,连蒸两天。母亲说了,过年不蒸实心馍,也就是我们平常吃的馒头。因此,母亲常常觉得过年累。蒸三天馍不说,除夕夜还要包好大年初一早上吃的饺子。常常是我们在看晚会,母亲在旁边包饺子。我对自己现在仍不会包饺子感到羞愧,后悔那个时候不看着母亲包自己学。可能错过了最好的学习时机,后面就很难学会,而我一直没学过,没包过,理所当然就一直不会了。

到了除夕下午,我和姐姐一人一把笤帚清扫家、院子、大门口、门口的马路。那时候门口的路是压实的土路,过路的人总会说,我们扫的地能晒凉粉,可见当时的心劲有多大,心里多敞亮,多单纯。

天黑后,父亲就会和弟弟在门外、院子响鞭炮。熬夜,熬到十二点,父亲和弟弟会继续响一通,安静的夜晚,鞭炮声震耳欲聋,但这种声音给人新生的感觉,快意与惬意随着屋外的炮响弥漫开来。瞌睡也就来了,连梦都没有,那个睡眠质量如今少有。

醒来后,每人的新衣就在自己头顶,衣服口袋里会有五十元新钱。虽然初一一过,母亲就把钱收回去了,但那份心意,是父母对我们的美好祈愿。那个时候,根本没有乱花钱的意识,买个铅笔找零多少,回家给母亲交回多少。

而后就是走亲戚了,忙乱中大年初五就过了。"破五"一过,年气似乎就慢慢消散了。萦绕在脑海里往往是我们姊妹五人晚上共睡一烧火炕,看电视,唱歌,卧谈。电视内容都没有印象了,只留下一起瞎诌、唱歌、争论的热闹场面。

如今,我们都各自成家了。在关于过年的记忆里,弥漫着好多亲情与温馨。这些温暖一直滋养着我,和善坚定地迎接一个又一个新的春天。

2021 年 1 月 29 日

乡村的春天

只有乡村的春天才是真正的春天。因为乡村的春天是见证的春天，是见证每一株草、每一朵花、每一棵树从无到有、从芽到叶、从花蕾到花朵、从光秃到繁茂的季节；因为乡村的春天是好吃的春天，是真正能实现春季时令美食及时从地里、树上到餐桌的季节。

自古文人伤春惜春："春去自应无觅处,可怜多少惜花人。""惜春长怕花开早,何况落红无数。"今天知乎上有人问：为什么春天总是很短暂？高赞的回答是：春天最美好，而美好的东西总是短暂的。唯其短暂，所以难得，难以慢慢享用。王国维也说："一生难得是春闲。"

而这个春天，因为疫情，我显得更忙，难得有闲。好在居家不限定是老家还是新家，老家就成为难得的居家首选。每天天未亮，窗外已鸡叫鸟鸣。大公鸡洪亮的声音和鸟儿清脆的歌唱唤醒我的耳朵，拉开窗帘，新的一天就开始了。

新的一天，发现院子里的小皂角树发芽了，又一天核桃树发芽了，又一天苹果树发芽了，又一天核桃树絮子长得好长，又一天苹果花开得好大好艳，又一天抬头发现香椿芽能吃了，遂拿了竹竿去钩，很快就成为早上一盘美味的香椿炒鸡蛋了。

又一天，小姨妈来了，因为过年疫情她们老姐妹未见，现在情况转好，姨妈割了她院子的第一镰韭菜来了，说中午就吃她带的韭菜。至于到底拿韭菜做什么，我开心地发了朋友圈，大家踊跃评论，其中我表姐的一条信息亮了，她说："今饺子，明绿面，后孜卷，再后盒子……把春韭能做的饭样都做一遍。"于是家里当天和面包饺子，第二天擀绿面，发现绿面更好吃后，第三天又做了绿面。

想起前两天去办公室美女苗地里撅的苜蓿，当时回来就做了麦饭，现在冰箱里还有一袋。后来送我姨妈回家，姨父给我们装了他家院子整个春天的菜——刚长出来不久的菠菜、新鲜的蒜苗、翠绿的香菜……回到家我妈又擀了菠菜绿面，辣子蒜用油一泼，那个香和韭菜绿面不一样，但依然让味蕾得到极大的满足。春天是绿面的天下。

春天的"嫩芽绿叶"，功效基本都是清热解毒的。路边、河滩、塄下随处可见的荠菜、白蒿、枸杞芽、花椒芽、苦苣叶、刺荆叶……采摘回家，择净，水中放少量盐和面粉，浸泡15分钟，再多淘洗几遍，控干水，根据自己口味或凉拌，或加面粉蒸麦饭，或加面粉加酵母蒸馒头，春天就没有白过。

中医说:"每年春天吃茵陈,一生不得肝病。"茵陈就是白蒿,嫩芽入药叫茵陈,做菜蔬便称白蒿,老了既不能入药,也不能当菜吃了。养生注重顺应时节,春天是生发、养肝的季节。而茵陈恰好是"养肝第一药"。肝脏作为人体的排毒器官,其对人体的重要性不言而喻。

因此,趁着春天还在,抽空多回回老家,多走走乡野,闻桃李花香,识时令菜蔬,走原野阡陌,尝百味人生……美不只诗和远方,还有我们脚下的土地和鼻息间朗润的空气。

还记得来自遥远《诗经》里的"采薇采薇,薇亦作止"吗?那采摘的薇菜,就是今天路边随处可见的野豌豆(我们小时候叫铁豌豆)苗啊。其嫩芽虽比市场上的豌豆苗纤细,但营养价值更大,只是没更多的人去关注它罢了。如此想来,那些遥远的山林、江河、草原、沙漠,这些难以到达的地方隐藏着多少不为人知的美味啊。所以与自然携手让古老的美味延续下去,也是我们当下的宿命和责任。

这场雨过,天放晴,周末走出家门,看野外田间又露出多少令人惊奇的嫩芽绿叶,比如北方竹下不多见的竹笋,被人们几乎遗忘的树上的榆钱、核桃絮子、构树絮子,甚至即将到来的人间四月洋槐花。

2020 年 3 月 26 日

/ 乡村 /

等待麦收

  翻滚的麦浪,麦穗在炽热的艳阳下焦急地等待着主人带它回家。今年气候异常,各地同时收割,农人们也在焦急地等待着收割机。

  终于有机子来到村里了,老乡们开着三轮车,带着各式的帐子、袋子去自家地头等待收麦。今年,我有幸参与了收麦的全过程。一次,在渭河滩里,去迟了,临界的二爸刚收完,机子就被叫到别处去了。我们只好等,从上午 10 点开始,火辣辣的太阳顶在头上,什么事也做不了。我拿起车厢里的硬纸板放在车头上,为自己搭一个小凉棚,开始漫长的等待和思考。下午两点,眼看着机子就要到自家地头了,机子却坏了,最后下午 4 点多才回到家里。

  还有一次是晚上 7 点,邻居通知另一畦地里有收割机了。凉爽的傍晚，不用担心被晒伤，也没换衣服就出发了。没承想，11点多才到我家收割，四个多小时的时间里，我无事可干。开始在车厢里睡觉，晚风吹来的初夜，惬意袭来，可夜深的时候，我感觉到了更深的凉意，后悔没有做好长时间等待的准备，起码拿件长袖衣服也好啊。夜风席卷着瞌睡一起来了，很快就将我的神智影响到了周公那里。收割机仍然在耳边轰隆隆地响，将不同地里的麦子收进肚子里，然后又吐出来。它的伟大在于便利，在于它将农人从繁重的手工收割中解放出来。继续等待，等待的是收获季节里的踏实和喜悦。

张佐香《亲亲麦子》让我感受到了久违的质朴和亲切。当第一家人将麦子晾晒在路上，被碾过的麦子传递出香味，这香味是传承北方人生命和性格的香味。当我不顺心或者孤寂的时候，那缕麦香萦绕心头，我就会踏实和快慰。

其实，人生也可以理解成等待的过程。我们等待着一个新生命的诞生，等待着他的成长。新生命有了意识之后，总是等待着自己长大，成熟。等待是每一个个体生命永远挥之不去的朋友，从诞生到消亡。那么在等待的时间里如果只是焦虑和紧张，岂不是浪费了我们宝贵的时间。

等待麦收的过程中，我着急过，思考后才明白，等待本身也是一笔财富。就像我给学生回的那样，与其着急睡不着觉地等待分数，不如在等待的过程中想想，考上了我怎么办，考不上我又怎么办。这样问题解决了，思路清晰了，也为自己短期规划了方向，利用这段时间读书或者旅游或者好好提升厨艺都可以。等待也可以是好事，如同年轻的小父亲在产房外等待婴儿的第一声啼哭。

/乡村/

等待的过程中,是不是在思考以后怎么当个好爸爸……

任何时候,做积极的思考,也做最坏的打算,做事在人,成事在天。有了这样的心境,人生坦然。

2010年6月28日

夏天的故事

无数个夏天从我的生命里流过。也许因为心静，也许因为年龄让人思索，今年暑假关于过去夏天的记忆闸门忽然就打开了。

从小学二年级开始，我的假期都是在地里度过的。三夏大忙时节，8岁的我负责在地里看菜，连带卖菜。有人走进菜地，说要买两斤黄瓜，于是我带了篮子去黄瓜地里摘，摘下翠绿的、毛茸茸的、顶上还带着黄花的、长长的四五根黄瓜，往往差不多就是两斤。那个忙节卖菜挣了200多块钱。20世纪80年代的200块钱，能办很多事情。记得那个时候一根铅笔2分钱、一盒火柴2分钱、一毛钱能买一个本子加铅笔、加橡皮。至于那200块钱的事，也是父母后来告诉我的。于我，只记得将菜称了算了钱，将人家给的毛票悉数塞在庵子里的床褥子底下。那个时候，好像人民币最大的面值就是10块钱吧。

看菜时余下的记忆就是大热天菜地旁清澈的渠水。那渠水洁净透明到在太阳底下泛着亮光，就连投射在水里的树荫都清晰可见。机井就在我家菜地东头，水流往南再往西流到我家菜地南面，也就是说，水渠几乎包围着我家菜地。水渠旁边就是大马路。记忆中整个夏天很少有停井的时候，整个暑假水渠都是有源头活水的水渠，整个夏天水渠里的草在水流的冲击下，优哉游哉往下游摆动着，"油油地在水底招摇"，煞是惬意。惬意的还有我的整个童年，只要在夏天，无论是渴了还是饿了，顺手摘下一个外红透里粉白的西红柿，顺势扔进渠里，扒洗两下，就势掰开，两边见沙瓤，酸酸甜甜，这种美味随着我的童年离去再也没有出现过。

很多时候我是在劳劳叔地头的大桐树底下搬个藤椅，半躺着吹风。晴空之下，目光所及皆绿，绿意尽我享用，整个田野好似都是我的，我便随意享用这天地间辽阔的、无垠的空气和清风。劳劳叔家地在路南，和我家菜地形成一个十字路口，夏天有风的时候，大家都觉得那里是个好地方。有一年夏收，我竟然去学校冰棍厂批发了一箱冰棍，在菜地十字路口做起了第二兼职，至于利润，只记得拿着算是母亲嫁妆的小匣子，将未卖得了的冰棍悉数端到了麦场里，那里有我家族所有的人在龙口夺食、苦干大干……

一个人年少时候的足迹可以带动他的想象。而我除小学二年级那个暑假去过咸阳之外，几乎很多年没出过临潼。整个童年除了我的那个小学校就剩下我的菜地，我的田野。高二那年暑假快结束的时候，有一次为了节省时间，我一个人骑着28自行车穿行在渭河滩里的羊肠小道上，苞谷已经快熟了，苞谷秆齐刷刷地杵在路两旁，但我却从来不知畏惧为何物。村里人和我相遇在几乎无人的小路上，问我干什么去，我说上学。他说他以为我早都不念书了，因为他老见我在菜地里。也是，整个童年，或者叫整个小学阶段，我不在学校就在菜地里。我和我家地里的菜一样，年年都在地里，只要你去，不是西红柿就是黄瓜，不是萝卜就是白菜，当然还有看菜的我。我是不是可以想象一下我就是蔬菜们的首领，看管统领着一亩多近两亩地的所有蔬菜，它们是我的小兵。

我家菜地被父母打理得十分整齐，一小畦一种菜，韭菜整齐到比篦子梳过的头发还顺溜。一畦茄子、一畦辣子，每畦地里的一棵一棵的茄子、一棵一棵的辣子，每一畦看过去，都堪比艺术馆展览的文物，整整齐齐。黄瓜、豆角搭起的架全部整齐得像列队的士兵，地面上干净到没有一棵杂草。现在想来，那些一畦一畦的菜地画面多美呀，我的父亲是把菜地当艺术来做的，他对于所经营的菜地，表现出了十二分的虔诚，平整土地先用锨翻，再拿瓜铲拍平，泥土被整理得如细沙，留给我的只有美的画面。而我好像用我有限的词句不能完全表现我的童年，表达对于菜地的全部赞美。

后来父亲觉得种西瓜战线短，收益快。于是引领得渭河滩里出现了连片的西瓜地，我的初、高中暑假就又在内滩的瓜庵子过了几年，滩里不如上岸子菜地，离家远，没有现成的水，妹妹每天中午会给我送一顿饭，很多时候都是捞面，好像也不带水，然而西瓜真在人渴时，显得更甜更沙，西瓜汁粘到手上腻腻的感觉，如今想来，都特别不爽，更痛苦的是还没有水清洗。周围没有一棵树，只能在炎热的天地间乖乖地待在瓜庵子里，躺倒在床上昏睡，以期节约对水的需求。那么多青春美好时光啊，我却用昏睡来度过，当我今天每每没有时间读书的时候，我就特别怀念一个人在瓜庵子的生活，那个时候要有书读多好啊。现在有书，没时间。也许，人生总是有这样那样的缺憾，让我们在无尽的缺憾中艰难度日。又能怎么样呢？等我们理解了很多人生真理的时候，往往我们的人生只剩下告诫我们子孙后代的份，而他们根本不屑一顾，当他们懂得这个道理的时候，也只剩下了告诫他们子孙后代的份，我们的生命就在无穷的告诫中遗憾着。所以，很可能，那些优秀的人往往就是有先觉的人，他们总是高瞻远瞩地展望未来，当未来变成现实，目标也变成了现实。

而现实总是很残酷。高三那年暑假，高考成绩下来了，我的语文标准分只有15%。而我考前的最后一次统考还是临潼区的99%多。我自认为最得意的语文让我栽得最惨。还能怎么办？复读的暑假里我借了恩师王根生老师的《悲惨世界》，才明白我的悲惨不足挂齿。于是和很多同学又在高中很接地气的大瓦房里"下苦功"，功夫也算不负有心人。1998年高考前的最后一次统考，我将王老师给我的一张纸片拿回了家，上面是我们班的成绩和全区排名，父亲接过纸条说，你看这个05号这次就很厉害，将第二名扔了七八十分，全区也排到了22名。当然那个名次只指文科。我应该继续让父亲夸赞05号的，只是年少急于表功，说那就是我，父亲正说着05号肯定如何努力如何厉害的时候忽然停了下来。印象中父亲从来没有夸赞过我，即便我小学时候家里墙上贴满了奖状。也就这一次，却被我的争强好胜给截断了。后来高考也没有发挥出平时的水平，但总算没有名落孙山。

那个时候，高考是7月7日开始连考两天半，广播里报的高温，伏天天气里，却从来没有感觉到酷暑，也不懂得高温会怎么样，也可能从来没有怎么样。总觉得怎么能比得过三夏大忙父母在地里的热呢。那些年高考总是被安排在最后，地里的西瓜只能由小妹看了，听说，一天下午电闪雷鸣、狂风暴雨，连着地住对门的长活叔说："女子，回，太操心了。"小妹却说："长活叔，你先回，我大还没来哩。"一个10来岁的小姑娘在离家很远、离邻村很近的瓜庵子里瑟瑟发抖，用被子盖着自己，坚守着自己的岗位。后来风雨将篷布掀翻，她就坐在床底下……如今当我走过很多路，看过很多书，阅过很多事，我才明白，上帝对每个人都是公平的，它在前期让你苦难多一些，后期就会让你幸福多一些；它在这个方面这个领域让你痛苦多一些，可能在别的方面、别的角度就会弥补你。我的小妹如今过得很幸福。

高四高考前还有一件事让我印象很深刻。一天正在上雷小民老师的数学课，雷老师讲得津津有味，同学们也听得意犹未尽，忽然间教室的窗框、玻璃噼里啪啦地响起来，震耳欲聋，大家都发懵的时候，一个坐在后排的男同学喊："地震了。"雷老师招呼大家出教室。我有生之年第一次经历地震，即便1998年夏天的那场地震让整个西安城都空了，但对于我们的影响却似乎不大，我们班当时有45人吧，却有着高四、高五、高六的学生，大家目标很明确，态度很坚决，就是考不上誓不罢休。天灾面前，我们都没有停步，思想专一，为理想而战，那一年，依然是我所在高中文科的收获年。

　　想起父亲，无论做什么，都要求做到最好，做到极致。他当会计做的账本，今天看来还和艺术品一样；夏天卖西瓜给单位写收款单据，让人惊叹，一个卖西瓜的农民能写出这么清秀的字！每次耕种前，每片地都被他收拾得干干净净，如今讲秸秆还田，他以前的做法显然不科学，但是他那种从祖辈传承下来的爱整洁、勤快、努力却一直滋养着我们。

　　"三百六十行，行行出状元。"只要我们用心，厨师可以做出更养生的美食，理发师可以理出每个人最好看的发型，不一而足，不胜枚举。只要我们有心，只有我们不忘初心，才能善始善终。无论夏天多么炎热，四季怎样变化，内心有乾坤，云开见月明。

2018 年 7 月 26 日

夏日乡居

　　暑假住在老家，每天早晨四五点开始，就能听到鸡鸣狗吠、鸟语蝉声。三岁的小孩很容易五点就醒了，起来就要玩。最大的一项爱好就是玩路上的石子，他是苦于没有沙子，只能屈就玩石子。玩石子玩得不亦乐乎，怎么叫都不回家，反而让你加入他的游戏，要求你和他一起挖石子。只能暂且陪着，想辙吸引他回家。

　　村上很多人种了葡萄，现在是收获的季节，路上不断经过拉着葡萄的三轮车，于是我一边寒暄一边接过一两串葡萄，刚从地里摘回来的新鲜欲滴的葡萄，很难拒绝。把葡萄放在小孩面前，问：想吃葡萄不？想！想就回家洗葡萄，洗手手，吃葡萄。小孩这才勉强拿着自己的挖掘机、铲车跟着我回家。

　　村上大面积种植葡萄，缘于一个做水果批发生意的本家小侄女。在新丰桑葚销路一路走低的情况下，她提出让村上人改种葡萄，她来负责收购。

　　临潼新丰的桑葚，最早是湾李韩家、皂安马家、樊赵胡家三家亲戚率先种植，进而带动本村村民形成桑葚规模种植。过了两三年，父亲在和本村几个叔叔商量后，一起栽了桑葚树，前一两年挂果市场好价格好，收购点多。我家桑葚靠路边，成熟季节满树桑果又大又紫，煞是诱人。每次看见路人进地摘吃，也是一种享受，更别说一大群朋友边聊边摘，这种乐趣再也不会有了。也不会有太阳高悬于空，我一人在叶子底下默默地采摘了，采摘时眼睛移着、盯着每一颗黑紫的、熟透的桑葚。那种思想的充实和肢体的运动曾让我很受用，却只能成为一种经历，安慰我越走越远的灵魂。因为在村上葡萄普遍挂果的前三年，桑葚已让种植户们苦不堪言了，于是成片成片的桑葚树被砍伐。我家也不例外。如今虽然很想念那一树一树的紫玛瑙，满枝条满枝条的紫桑果，但砍伐了，心里却轻松极了。再不会为桑葚着急，不为采摘着急，不为销售着急，不为父母着急。

　　如今，家里人除了过年必回家外，也就夏天回来避暑，地里也无多少活儿，心里更轻松了。网红句"父母在，人生尚有来处"，我觉得改为"父母在老家，我们想在老家住几天就住几天"更实用，更妥帖，更踏实。

　　想起前几日午后和朋友一起带小朋友们去湾李河滩百亩荷塘。高温天的午后，荷塘无一丝凉风，燥热难耐，但置身荷花中一下清凉起来，小孩大人心情都好起来。家乡在不断变美。夏日午后，周围村子的人们都会带着小孩，去戏河汇入渭河的河堤边上游玩。这里新开发的溪水湾游乐场，火热程度一点不亚于城里的游乐场，简易的充气游泳池、充气城堡吸引了很多小孩子。就连河堤路上也摆满了各色摊点，生意火爆。

今晚家门口放电影，观看的人很少，作为政府的文化惠民政策，效果欠佳。原因可能是村里大部分精壮劳力都已进城打工，留守的人们宁愿待在家里吹空调，看手机。今天信息快捷的程度，早已使人无法招架，那种过去做着将来当个电影放映员的理想在今天看来都成了笑料。有时候想，时代变化之快，让人猝不及防。唯有与时俱进，才能不被淘汰；唯有不断学习，才能跟上时代的节奏，踩出最合点的节拍，跳出最动人的舞姿。

爱生活，必须从当下生活爱起，爱它的适时改变，为它改变自己。爱学习，只有当下的新知识才能指导当下的新生活。因此，我们要天天学习，好好进步！无论身处何处，心中的风景不能少，爱学习的习惯不能改，爱家乡的情怀不能变。

2018 年 8 月 8 日

/乡村/

避暑最佳是老家

  进入初伏,一年中最热的时候就到了。人们会想着办法来趋凉避热:在家开空调,出门撑阳伞;喝冷饮,吃凉食……用这些简单易操作的方法来抗暑降温,感觉还就是爽。

  "三伏天"这个说法,最早见于《史记》太史公记录的"秦德公二年初伏",可见"三伏"作为一年中特定的时间段,其起源可追溯到战国时期。伏即"伏藏",用中国传统五行理论解释,就是木火土金水这五行,以顺时针方向相生,又以五角星关系相克。古代先民认为,盛夏时节,天气炎热,自然是火德大盛的时候,火克金。古人又将天干和五行对应,"庚为斧钺之金",故至庚日必伏。所以三伏天的"伏",就是庚金之气受到了盛夏火气的压制,伏藏起来了。

  根据中医五行对应脏腑的关系,金对应肺,也叫肺属金。所以说，三伏天过完，就可以好好养肺气了。古人讲：秋养肺。而最热的三伏天，也是自然界中阳气最盛的时候，此时借助自然界的阳气补养自身的阳气最见效；初夏属火，对应心，容易引起人的心境产生急躁暴怒，所以此时必须重视心神的调养；长夏属土，对应脾，宜饮食清淡，营养丰富的粥汤益气健脾、清暑利湿。"暑易伤气"，严重者甚至昏迷，俗称中暑。所以三伏天防暑降温、避暑消乏就显得尤为重要。

现在，更多的人认识到，顺应自然避暑降温，比开空调吹凉风有益身心得多。一到周末，家人朋友就相约去山里避暑。7月底高温的一天，我也随朋友自驾走秦岭210国道去陕南避暑。车一进山，仪表显示温度一直在降，到达中国南北分界的秦岭分水岭，风大雨急，很多人在此逗留，穿着短袖短裤的人们，双臂环抱，瑟瑟发抖。看手机显示不到20摄氏度，真是山上山下两个世界。当晚歇息在宁陕县旬阳坝镇，温度也是20摄氏度以下，除了空气略显潮湿外，那家农家乐住满了西安来此避暑的人们。早晨朋友们去村旁的山涧小溪，水清得让人心生喜悦。

从宁陕去石泉，车穿行在蜿蜒的秦岭国道上，目之所及郁郁葱葱，抬头只见一线天，沿途车很少，几乎没有村庄，没有人，后来去了一个新开发的景点"悠然山"，人走其中也是这种清幽、凉爽的感觉，同行的朋友不经意间总冒一句："好嗨哟，人生到达了巅峰……"同行的快乐总在这不经意的歌词里迸发出来。

第三天，朋友提议先到蓝田葛牌，这里和陕南很相似，山里的温度在暑天一下显示出它的优越性。从"十全石美"的石泉到蓝田，竟然又入住一家叫作"十全食美"的农家乐，我不知道这是巧合还是有什么寓意，只知道这是农家乐的大儿子——正在杨凌农科大上大二的帅小伙子给他们家店起的名字，他们和陕南农家乐一样，都只夏天营业，因为除了夏天可回家就业，其余时间只能出外挣钱。他们家占地面积很大，房间也很多，坐北朝南，坐落在一条小溪的北侧，屋后是山，沿小溪一条路挨着南侧的山，沟道凉风习习，是避暑的好地方。我们到达农家乐的时候，很多家的老人小孩都已居住多日，甚至有坐着轮椅的老婆婆，被五六十岁的阿姨照顾着。《弟子规》里有"冬则温，夏则清"，指的就是一年四季中冬寒夏暑，最易生病，应该想办法让年龄大的父母冬天不冷着，夏天不热着。所以山里人的福分，一直在递增。在葛牌，只见蓝天白云如棉，山间小路似练。"坐对当窗木，看移三面阴。"山里的静谧、清幽、闲适，让人不知不觉间荡去了尘世的浮华，忘却了烦忧。

只是农家乐住宿只有床，没有桌子，倒是有麻将桌。麻将桌在我只能搅扰起尘世的浮土，于我是另一个世界的美好。农家乐提供一日三餐，没有书，只有手机和床的生活，依然不是我追求的优质假期生活。我的理想生活是，采菊东篱，晴耕雨读。晴天时耕种劳作以锻炼健康的体魄，雨天时看书学习以充盈愉悦的心灵，这也是中国几千年士子文人渴求向往的一种至雅生活。

思来想去，哪一家的农家乐都提供不了这样的条件，只有老家。老家满足了我避暑所想要的全部条件。休息所需的床单被罩想洗多么干净就洗多么干净，每天的饮食自己想吃什么就做什么，也有自己家里的浴室，有自己家的院落，满足全部生活所需。当然，快节奏和实用性并举的今天，耕种已不太可能，因为种下去，它需要时日来见证劳作，而我老家大门平常都是铁将军把守的。所以劳作只能是每天厨房里的忙碌，变生鲜为美味、为至亲的忙碌。

陪伴父母，陪伴孩子。

想得好不如做得好，很快就和家人商量，回了老家，每天清晨被窗外的鸡鸣鸟叫叫醒，伴着晨曦开始更衣洗漱除尘洒扫，伴着朝阳择蔬切菜煮饭熬汤，伴着八九点钟透过层层树叶的点点斑驳阳光，我的带着爱意的早饭就从厨房接连跳了出来，来到屋檐下的方桌上，一家人便开始了一天中的第一次聚餐交流。饭毕，收拾完桌椅瓢盆，短暂歇息下，父母忙他们的，我带两个小孩开始锻炼身体：跑步、跳绳、游戏……时间过得很快。十一点又该做中午饭了，吃饭、收拾，完了又和小孩再回后面房子里讲故事、搭积木，有时候大人已经睡着了，小孩却依然很精神。后面房子两层，楼高屋宽，特别是一楼在夏天的舒适堪比山里，温度凉爽宜人。下午的四五点做下午饭，收拾。完了上房顶，前屋一层平房的房顶面积很大，能感受到微风，蚊虫也似少了许多，继续跳绳，游戏。天黑了，给小孩洗澡、洗衣，读绘本、哄睡，我起来编辑文字……我看书的时间是挤出来的，写字的时间是挤出来的。一天天地，抬头见天，低头见土，忙碌充实。不禁开始感恩我的职业，想想如今的福利，那些个披星戴月的日子也觉得值了。也难以想象平时上班忙碌是一种怎样的焦灼，生命是怎样的备受摧残？原来，我们常常向往的有闲，给个完整的暑假就够了。

这样的暑假生活，在孩子幼儿园刚放假，是没有想到过的。先是带他去考察了跆拳道馆，馆内尘土飞扬，馆外空调冰凉，馆内出一身泥汗，罢了罢了……文化馆开设幼儿艺术班，又兴冲冲地给孩子报了美术和舞蹈，连续去了三次。每次看着孩子进了教室，自己就来到休息室编辑公众号文字。可是第三次我忽然发现孩子上课的教室空调显示24度，着急了，但已经来不及了，回到家孩子就发高烧,吃药三天,烧还是没退下去,后来去医院输了液,才好起来。算了吧算了吧,在健康面前,什么才艺都显得微不足道了。

虽然大家都在给孩子报暑假班,给孩子人生加码,而且认为越早越好。可四岁的小王加不上去,他首先得健康,于是每天的饮食调理、身体锻炼就是首要的事情了。城里的家限制了天地,老家的家才满足了小王和侄子小刘手舞足蹈的需要。每天他俩睁开眼就蹦到院子里开始嬉笑打闹,院落虽然没有多少花草,但有各种果树:苹果、葡萄、核桃、无花果……随摘随洗随吃。两个孩子一个四岁、一个三岁,给这个常被遗弃的院落增添了活力,增加了人气,带来了喜庆。

每天被他们需要,被童真感染,被快乐萦绕,自己的心也被填充得平静充实快乐。苏轼说,此心安处是吾乡。这话得费多少精神周折才能得出,而出发点的吾乡才是安放我们灵魂最初最真的地方。生命兜兜转转,忽现灵光,走得再远,吾乡才是真正的安放处。

避暑,避自然之热,避心境之火。回到老家,在老家避暑,胜过所有的避暑胜地。林清玄说:"品质生活,在外,有敏感直觉找到生活中最好的东西;在内,则能居陋巷而依然能创造愉悦多元的心灵空间。"我终于明白,青春时努力要从乡村冲出去,到头来乡村厨娘才是我人生的最佳状态,我四方突围,却发现生命的豁达、坦然以及终极宁静只能回到原点。

2019 年 8 月 12 日

暑假，一定要换个地方过

还记得去年暑假的"宇宙最强舅舅"吗？重庆33岁的龚先生有16个外甥，每到暑假，总有外甥来他家过暑假，去年暑假来了8个，加上他的两个孩子，每顿饭吃6斤米。吃多少米，在今天的中国都算不上什么事，"最强"强在每顿饭不厌其烦地做，强在饭里弥漫的爱，以及管理孩子的耐心。

无独有偶，暑假在小区广场，看到大小不一的四个孩子一起出去买菜、玩耍，原来是表兄弟姊妹一起来外婆家过暑假，外公外婆负责孩子们的一日三餐和学习生活，孩子们一起有说有笑、打打闹闹、亲情弥漫，延续着父母辈曾经的一家多孩的生活。今天，基本都是独生子女家庭，多孩一起生活不仅是对过去生活的复习和回味，更多的是对独生子女身心的多方滋补。

/ 乡村 /

我们下午在小区广场跳绳，一个七八岁的小男孩说他一分钟能跳200下，我很好奇他的学校为什么这么重视体育锻炼，他说他是丰台区第一小学的，我第一时间硬没反应过来，这是首都回来过暑假的娃。和我的弟弟妹妹在一起谈及这个小孩，我弟说，北京的教育才是真正的精英子女教育……我可能更关注这种暑假的外婆家生活，让孩子们换一个地方，感受不同的亲情的同时，感受不同的地域文化，从而形成地理文化优势，这种优势在以后慢慢就能显现出来。

小妹的孩子从包头到西安，七月份在西安的英语培训班里，孩子们问："你们包头是不是牛羊可多了？"小外甥女很费解地回答："没有牛羊，和西安一样，也是高楼，只不过路比西安的宽，车少。"这种沟通，看是无意，其实也是一种成长，西安的孩子至少知道了，包头不止有草原，还有城市。外来的进入，原来的输出，都是一种对未知世界的拓宽。

孩子们利用假期离开原来的生活环境，进入另一个环境里生活，又何尝不是一种历练？不同的人事，包括监护人暂时的改变，父母身边时的撒娇、不自立可能都会有所改变，和表兄弟姊妹的亲情互动，都是不可估量的成长要素。

不论是留守儿童暑假到父母打工的地方团圆，还是城市的孩子回老家过暑假，又或者不同地域的孩子们因为共同的舅舅、共同的姑姑、共同的外公外婆与爷爷奶奶共处一室、共享一家，都是成长中应该有的养分，这种养分能丰盈更加美好的未来。

2021年8月10日

我的小学校长

又是一年教师节,作为教师在接受学生祝福的同时,也应该祝福我们的老师。正因为有了老师们当年的教育和引导,才成就了今天的我们。给我鼓励和帮助的老师太多,他们的爱像一股涓涓细流,随时想起,永远温润。今天我想说说我的小学校长董文彦先生,董校长按年龄推算,今年应该70多岁了,关于他的事迹,在我很小的时候就被大一点的孩子灌输了很多。而今再回想,还和昨日的梦一样清晰可见。

董校长总是被多事的孩子叫成"董鸡蛋",按当时他们的说法,是取铁公鸡"一毛不拔"之意,讲他小气。

1986年,我上小学二年级,改革搞企业盘活经济在比较偏僻的农村是少而又少的。董校长说去西安看到人家学校用企业养活学校,他也想走这条路子,于是就用学校仅有的钱买了一台冰棍机。还记得学校一进门，往左拐两间厦子房，一间是老师们的灶房，一间就是放着冰棍机器的房子。那时候，学校总是安排老师在业余时间或者下午放学后，留几个学生帮忙来自制冰棍，并批发给外面的人。我在三年级到五年级的时候，和班里几个聪慧的女生总是在放学后被抽到灶上，开始烧开水，就在给老师做饭的那个锅里，一大锅的水，烧开晾凉，然后放到制冰棍的模子里，放很多的白糖，最后放到冰棍机里冷冻，老师操作的时间到了，我们自制的冰棍也就面世了。晚上回去的时候，每人手里拿上七八个冰棍以示酬劳。我很怀念当年的小学时光，是否也和这样的绿色冰棍有关呢？

我们每年的六一儿童节礼物，都是一根冰棍外加三五颗水果糖，董校长端着放冰棍的簸箕，提着装糖果的袋子，后面有老师源源不断地送来一簸箕一簸箕冰棍，董校长一个教室一个教室地分发给每个同学。我想，冰棍是自制的，水果糖应该是校办工厂，也就是我们的冰棍厂挣来的钱为大家买的了。

我上三年级的时候，有一次广播说有日全食，董校长为了让同学们了解什么是日全食，自己拿个水盘，里面滴进蓝墨水，放在办公室门前，让我们在水盆里感受用肉眼看不到的少见的日全食。

同学们总是能够在校园的各个角落看到董校长忙碌的身影，教室门前的冬青树高了，他修理；老师办公室门前花园里他锄草，施肥。他既是校长，又是园艺师，更是后勤主任。主过道上的黑板报，从来没有看到别人去写一个字，总是过一段时间他自己带个板凳去替换新的内容，俊秀的字体我今天依然能想起。

他为人宽厚，对学生尤其有爱心。唯独对他自己，总是很严格。那些年刚开始进行教师职称评定，定级由老师自己填写，如果给自己填了高级，以后领取的就是高级教师工资，而他到现在还是二级。当了一辈子校长，别人说，你怎么能当了一辈子校长，职称还是二级。他总是用德去感化人，让别人为他感觉到委屈。

后来我上初中，刚好他也被调到初中管事务。我上初二的一天，董校长因为去班里查学生的到校情况，上台阶的时候不小心跌倒了，高血压导致脑梗，住了很长一段时间医院。出院后他又回到了原来的小学。我想后来应该没有再当校长了，但是他依然以校为家，不用代课，完全可以回家疗养，但听说他主动请缨给孩子们代自然课。后来也听别人说，他觉得和孩子们在一起心里踏实。那个时代没有课时费这样的说法。

我毕业分配的那年，分配的文件上，有关于董校长退休的文件。我看到他是1997年退休的，也就是说从1994年第一次得病后他又在学校坚持了3年才回家颐养天年。我们同学聚会谈论他，有人说他退休后在家也就打打麻将，看看小书，农忙时也像农人一样的耕田浇水。

2005年的一天，我听说董校长又一次跌倒了，这一倒再没起来，几乎成了植物人，不能自理，不会说话。我在他开始生病住院的时候去看过一次，后来就几乎再没去过，听别人说，他现在很可怜。越听到他可怜我越怕见他，当年多么能干的一个人……

去年教师节我忽然良心发现，去看了他，他不会说话，但有晶莹的泪水落下，我知道他心里很明白，只是不能说出来。家里人怕过多地影响董校长的情绪，于是我们草草地离开了。也想着以后再见校长的机会越来越少,就应该在每年的节假日去看看他,可是今年的教师节即将来临,人却阴阳两隔。

懊悔和痛楚不能改变我过去的狭隘,唯有用这篇拙文来表达深深的思念。校长的音容笑貌、对工作的热忱以及只知奉献不问索取的精神将永远驻留在我的脑海,激励我不断前行。

2016 年 9 月 10 日

父亲的做人信条

　　我的父亲是老三届的下一届——69级，因为历史原因，阴差阳错，年轻时错过了很多次跳出农门的机会。父亲写得一手好字，当村会计时账目做得清晰明了，也因此出现最后一次跳出农门的机会，可父亲却在改革开放的80年代初，拒绝了面包车接他做账的上级单位。至此，他的农民身份再无更改机会。

　　但这并不影响他对我人生的指引。而且那些朴素的话语至今想起，总能温润我心。记得上小学一次回家，很远就听见父亲的声音，这是我第一次听见父亲和别人大声理论，后来才知道我祖辈手里占有的地方被别人占去了，父亲就很生气，告诉我说："咱不惹事，但事出来绝不怕事。"这也是我第一次听他除教育我做人外的处事理论。

　　我们家孩子多，对于大人来说，负担当然要重得多。在那些艰苦的岁月里，父亲从未因经济困难而影响我们上学，或许他也艰难过，只是作为小孩的我们无知，也或许都被他以辛劳和努力提前解决掉了。留给我们的是和别人一样的年少时光。在我印象里他说过的最深刻的一句话是："前途是光明的，道路是曲折的。"当时可能因为小孩的视野限制，看不到前途，也感受不到光明。至于道路也感觉不到它有多曲折，只能联想到家门前一条笔直的路通向菜地，而我和菜地的缘分大概持续了十来年。

如今看来，父亲的话于他自己都是真理，子女们虽然不是很优秀，但与他同龄的很多人相比，如今父亲轻松多了。辛苦与舒服永远不可能分开，辛辛苦苦过舒服日子，终于熬到了春暖花开，能静享几年含饴弄孙的轻松日子。

在我家，四个女儿从未提过彩礼。因为我的父母从来不提，即便亲家有心，都以婉拒收场。我父亲的理论是不要钱就是无价，和连城的宝贝一样有市无价，大家皆大欢喜。彩礼本无价，爱心价更高。有这样的父亲在前撑着天，不管遇到多大的艰难我都有动力向前。

父亲的做人信条，也是我无价的不动产。

2017年6月16日

中年

中年的理想

中年人的理想再也不是匍匐于地面遥望星空的画面了。中年人的理想只有一个，自己能动，家人无病。自己能动是有精气神，有劲干家务，有力干工作，有心去学习；家人无病是家里老人孩子都健康。

为了这一低微的理想，我倾注了全部的心血。不断学习养育，赡养老人要知识，养育孩子要智慧。学习，看书，老年病怎么注意饮食，平时怎么锻炼；小朋友的身体怎么调养。多运动，少吃高热量食物，为身体平衡饮食、坚持锻炼是每一个人活得有质量的基本保证。

看书，解决了我四十多年来的困惑。明白了生命的本质就是不确定性，正因为一个个不确定性才造就了今天的我们，恰如"你曾经吃的每一口饭菜，看似无意义，却都化作营养，进入你的血液、骨骼、肌肤，滋养你的身体，成就今天的你"；亦如"那些走过的路、看过的山川、爱过的河流都在你的眼眸中，成为一种精神力量的最直接表达，成为'听鸟入林深，复得返自然'的桃花源"。"人生没有白走的路，每一步都算数。"如此想来，所有人间的疾苦、被动的悲伤、失意、迷茫都不值得，都是对宝贵时光和美好生命的辜负。

同理，那些学过的诗词、读过的书，都会成为我们成长的要素，在不知不觉中，融入我们的身体，影响我们的气质与谈吐，让我们在人生的某些关键时刻，做出相对正确的选择。

前几日，女友们好不容易相见，提及没来的一个，说起她现在的幸福，都是羡慕。想起书里说：与其羡慕他人的幸福，不如踏实好好吃自己的苦。她的幸福自有她的道理，天生的美貌和后天的气质，或者祖上的阴德，我们都该替她开心和快乐。而于自己，也不必自怨自艾，不觉遇人不淑，所有今天该吃的苦，都有它积极的意义。

林清玄曾在文章里提到，在乡下，六七岁的小孩会自己缝扣子，能帮忙推动一辆三轮板车，没到上学的年纪，小孩子就要下田帮忙做农活。对乡下孩子来说，每一分钱都渗着血汗。那时候，若能买上一杯木瓜牛奶，就是一件欢天喜地的事。他们偶尔会羡慕有钱人家的小孩，因为有钱人家的小孩三餐有人打理，出门有司机，就连铺床叠被的小事都不用自己动手。长大后，林清玄有一次请朋友喝木瓜牛奶。朋友是富裕人家的子弟，第一次喝到在当地最寻常不过的木瓜牛奶，连连赞叹它的美味。林清玄不禁感慨，他有些同情有钱人家的小孩。因为，小时候他们不能肆意在溪边游泳，不能随意在田间打闹，长到三十岁才拥有了喝一杯木瓜牛奶的自由。

　　作家刘亮程说："落在一个人一生中的雪，我们不能全部看见。每个人都在自己的生命中，孤独地过冬。"每个人都有自己的不幸和幸福，每个人都有自己的悔恨和向往。有时候，有悔恨才有提升空间，有向往才有活下去的希望。而向往恰恰是他当下还未拥有的，为了拥有别人已经拥有的，我们都在努力，我们终极的努力是为了平衡，以致平和。看看那些慈祥的老人就知道了生存的意义，他们人生的大风大浪已过，只给人展示风平浪静的安宁泰然。我们的生命其实就是在体验过程，体验从生到死的过程，这个过程里多干于己有意义的事，多干于家有意义的事，多干于人有意义的事，或者有能力多做于社会、于国家有意义的事，那就是人对自己价值的更大挖掘了。

　　哲人无忧，智者常乐。不悲伤，所有于己的不平事，都有它的因果；不迷茫，所有不知的未来都抵不过死亡，关键是死之前，懂得并有力去"遇河架桥，逢山开路"，拿出中年人所有的底气和积蓄去干好该干的事情，努力了，不达目标，安之若素；达到目标，淡然处之。

　　不埋怨，不对比，积极做事，好好生活。因为生之前世界和我无关，死之后世界和我无关，唯有活着的时候，能让我和这个世界产生关联。可人生苦短，光阴易逝，生命的长度无从把握，我们唯有用价值把生命拓宽，用境界和格局把精神走远。

　　愿新的 2021，继续勇敢向前，能期许未来美好，更能享受当下拥有。尼采说，声震人间者，向来深自缄默；点燃闪电者，向来如云漂泊。认准目标，好好努力，足矣。

2021 年 1 月 1 日

女孩，你的名字叫姐姐

在单位，艳看见我，老远就打招呼："欢姐。"新来的笑就问："她叫你'欢姐'？"我嗯了一下，我们都笑了。这番对话一下勾起了我很多回忆。

刚毕业在乡下学校，我带着弟弟，他在隔壁学校上初一。也可能是身边有他的原因，几乎所有和他差不多大小的孩子，都以"欢姐"称呼我。我的学生也这么称呼我，之后很多年、很多届学生，私下甚至当面都是这么称呼我。直到现在，她的孩子和我孩子年纪差不多的静，只要和我说话，必以"欢姐"开头。谊周、孙鹏大学毕业参加工作了，偶然遇到，还是欣欣然地叫着"欢姐"。

我现在学校的第一届学生博结婚的时候，我去得晚，坐在最后。他看见我，说："欢姐，你来了怎么不打招呼？我都不知道。"随后又开心地给新娘子介绍说："这是咱姐。"新娘子很纳闷地给我敬了酒，一桌子他们的亲朋好友都用疑惑的眼神看着我，估计在猜这是从哪冒出来的新郎这么亲的姐姐。那个场合，至今想起，我依然会嘴角上扬。

我的弟弟妹妹们就不用说了，包括堂弟堂妹，表弟表妹们。对于他们来讲，这是打断骨头连着筋的必需。

因此，当姐就应该有当姐的样，哪怕不能成为他们的榜样，没有能力给他们提供所需的帮助，也希望他们提起他们的"欢姐"不是鄙夷的、可有可无的。至少给他们一种前面有大姐在积极生活的榜样。

每个女孩，最后都会长为大姐。当然你要较真，接下来会长成大妈，再然后会变成一个很老很老的老婆婆直至人生谢幕。不出意外，那是一个必然的结局。所以，套用史铁生的话来说，那就是：必然的结局前，作为世界的半边天，我们如何成为大姐，成为真正的大姐大，才是我们关注的焦点。

每一个女孩的成长，只是时间的问题，而要成为真正的大姐，成为今天要求的成熟女性，一个婚姻就够了。外闯职场，内理家务，从母亲角色开始，辛苦就打怪升级。这时候，如果没有大哥的关照扶持，大姐在二胎政策解冻时，早早就变成了二胎妈妈了。比起"手里引一个，怀里抱一个"更惨。这种惨会让大姐想起婆婆的失职，于是希望自己不被后人诟病，更加辛苦地学习喂养、抚养和教养的知识。

如果以为大姐就这么辛苦十来年就出头了，确实有，比如每年高考后的高离婚率就是证明。但是，生活不只油盐酱醋茶，还有人情世故礼，更有鸡飞狗跳和恣意嫉妒、恶意中伤。

生活之剑来自四面八方,你努力想要成为弟弟妹妹们的伞,却忘了还有人给你带来更大的雨,瓢泼大雨,甚或台风暴雨,任你用多大的劲也举不好伞,伞破不要紧,保证雨中自己的站立和雨后的继续前行很要紧。

居里夫人的贡献大家都知道,却不一定知道她所受的艰苦和磨难。她所处的时代,正如她对自己的女儿所说的那样:"在由男性制定规则的世界里,他们认为,女人的功用就是性和生育。"而她的一生,却是在这些不利条件下逆流而上。1906年,居里夫人39岁时,她的丈夫不幸英年早逝,比她小5岁的丈夫的学生保罗·朗之万爱上了她,带着年幼的孩子的居里夫人陷入了这场姐弟恋。

美好如此短暂,保罗承诺的离婚,不仅没能离了婚,他的妻子反而把他和居里夫人的所有信件寄给了报社,大小报社添油加醋,社会舆论一边倒地谴责居里夫人,那种谩骂、中伤和造谣,给了一大批好事者、嫉妒者和恶意中伤者以土壤,他们于是借题发挥,大肆诋毁居里夫人。没人说朗之万的不是,甚至后来,朗之万的妻子允许朗之万和他办公室的小助手有恋情,只要保住她妻子的名分就行。

反倒是保罗·朗之万的女儿告诉父亲:"你要是赶走居里夫人,我就不再认你做父亲。"被中伤后的居里夫人疗养好后,又投入到她的科学研究中,直到1911年居里夫人获得她第二个诺贝尔奖,流言蜚语才渐渐平息。

居里夫人从此将爱投入到科学和孩子的养育当中。居里夫人去世的第二年,1935年,她的女儿爱莲娜(Irène Joliot-

Curie），继母亲之后成为世界上第二个获得诺贝尔化学奖的女性。她的另一个女儿伊娃（Ève）也成为知名物理学家。

如此伟大的女性，也免不了世俗的嫉妒和中伤，更何况我们这些士卒呢？无缘无故的中伤不会因为我们的善良而消失，我们不能阻止别人的恶意，只能做内心强大的自己。任你风吹浪打，我自闲庭信步。我的自信来源于我的正念和修为，大的伤害有法律保障，小的伤害有自我排解。

很庆幸，文学圈里的小弟小妹们，我认识的人很少，但他们依然会以"欢姐"称呼我，甚至冠以临潼，我就觉得这称呼叫得越来越远了。

"女人，你的名字是弱者。"早已不被这个社会认同，即便我们以前做过会有一个"雨天为自己撑伞、天黑给自己开灯"的大哥的美梦，但生活现实是"大哥活成了单身，大姐活成了单亲"，你所处的时代，是一个必须依靠自己的时代。

女孩，你的名字叫姐姐。因为生活，你终会长成大姐，关照更多人。

2020 年 7 月 14 日

女人为谁而活

初中毕业后,和我一起玩大的发小大多数走向了社会。她们有的学了裁缝,有的去了加工厂,然后就是嫁人。表嫂在我初中没毕业的时候,就对我妈说,等我毕业了,就介绍给她弟弟,还说弟弟的父亲是退休职工,母亲家条件也挺好。这当然是我上了高中后,我妈当笑话说给我听的。

那个时候的我,特别反感女同学早早进入婚姻。如今,看着同学群,最有幸福感的是初中同学,她们的家庭,丈夫能力强,支撑起家庭的重担,自己在家相夫教子,在县城买房的大有人在。如今,她们的老大老二都已经或者即将上大学了。她们看着年轻、潇洒,无琐碎工作,想做什么做什么,努力做好贤内助,一脸的富足和满足感让我艳羡不已。

再看看我的高中、大学女同学,孩儿们最多上初中,大部分

/中年/

孩子上小学，甚至幼儿园，人生的夹缝期，让她们和我一样，鲜在朋友圈、同学群晒自己的丽人相、幸福指数，因此，高中、大学同学群也形同虚设，除了刚拉队伍时候的热火朝天。如今的现状是，微信界面找不到群名，她们哪里都没去，只是没有活在同学群里，她们是不是在水深火热的现实生活里上下扑腾，我不知道；但我知道，大多数人愿意提醒幸福和分享幸福。

人到中年，眼下满目荆棘，就很少设想未来会有"花儿满山坡"。因此，对于迷茫的未来，宁愿不去想象。但不可能不回忆过去，过去的你成就了现在的你——你认可或者不认可的你。"每一个你不满意的现在，都可能经历过一场视野狭窄、不懂世事的抉择。"我们青春期的每一次选择，都会影响以后的人生。到今天，我依然相信个体的奋斗。但作为女性的幸福，应该有婚姻这部分。然而现实却是，来自另一半的幸福很多时候是运气。

从小接受的教育告诉我，任何人通过自己的努力，考一个高分就可以脱离农村，就会活得有尊严一点。没有人告诉我，女孩子应该找什么样的对象，当我的同学、同学的同学找我的时候，我竟然因为太熟悉而不知所措，坚决不在同学中找，也不在同事中找。我理想当中的两情相悦出现过没有，我不能确定。直到快要做"剩女"的时候，我表姐说，嫁谁都一样，都一样过日子。就是这句话在我想把自己嫁出去的时候起了作用。然后，我就开始思考女人活着的意义了。我在十六七岁不愿意做的事情，我到快四十才做到了，这中间经历了很多人生霜雪。

我妈去年还在说，如果我早早嫁了人，我的身体也不会垮，娃早都大了。我不置可否地笑了。但还是认真思考着她说的话，

· 079 ·

现在的两性关系中，不谈钱只谈感情时，大部分都是女人做饭、带孩子、干家务；谈钱时，男人一句"你又没我挣得多"就将女性打发了，这是什么逻辑？很明显不是嫁谁都一样，懂得经营自己和家庭的男子，和只知一味索取的男子之间，女性体验的差异太大。

我一直佩服那些能跳出窠臼的人，佩服那些勇于追求幸福的人，佩服那些打破世俗理念、傲然迎接世俗目光的人，她们活成了真正的自己，"终于可以坦然地与这个世界格格不入了"。

"出走半生，归来仍是少年。"这句话多美呀，美到令人心碎。这是与世俗死磕才可能出现的结局。人生有太多可能，而每一个人的人生模样都是唯一的，不能改变的，因此，活着，即使选择很重要，但更重要的是，在满目疮痍的现实生活里，为自己找出一点美好来。当然，能治愈更好，不能就将这些美好串起来，让它时不时地盖过那些结疤，或许，那些疮疤慢慢会结痂而自愈也不一定呢。

说到底，我们不论怎么努力，女性，男性，不都得回归家庭吗？没家的人只剩乡愁。从这一点上说，女人活着，经营自己，经营家，只是时间的问题，或早或晚，我们都会有遗憾，总觉得没有经历的那种人生或许会更美好，美好就美好吧，美好就是猫想叼到自己的尾巴。我们终其一生，都在追求美好，追不到的让它驻在心里，能追到的让它写在脸上。

当然认知上肯定不必拘泥于读书和旅行，"三百六十行，行行出状元"。古人诚不欺后人也。"大国工匠"的经验告诉我们，成就人的依然是意志力、专注力和执行力。而且越入佳境越会有高峰体验。我们来这世上一遭,不是也应找到一个让自己不断获得快乐和幸福的爱好吗?这爱好可以是三百六十行的任何一行,可以是将家里打理得井井有条,可以是一件件完成的女红,可以是一株株侍弄的花草,可以是和娃一起成长,可以是侍奉父母至终……只要有获得感,女人就没白活。

女人为谁而活?为孩子,为父母,为亲人,为朋友,为自己,为这世间所遇到的一切繁花草木、一切美好缘分。

2019 年 3 月 8 日

年关，让我醒悟

感觉春天的鸟语花香还未沉醉，却已年关将至。时间真可怕，2013 眼看将要远去。不能守望，空余回想。

这一年，我 35 岁。这是一个人人生的节点，也是一个显得特别具有意义的年龄：据说组织部门关于干部年轻化的标准，就界定在 35 岁；国家公务员考试的年龄，也限制在 35 岁；甚至优生学上讲的女士最佳生育年龄的界限，也将 35 岁画成了一道坎……

可这一年，我都忙些什么呢？春天，我忙着踏青、忙着赏景、忙着抓紧时间挖时令野菜，希望吸收春天的所有营养。所以，枸杞芽儿、花椒叶儿、蒲公英、苦苣菜、苜蓿、野韭菜我都去拜访，都带回家，变成餐桌上的美味。

其实，这些都只是理想，因为周末无事，才有可能成行。

正常的工作日里，我得每天来去匆匆地上课、备课、监考、阅卷、讲评、批作业。我想周内趁空给自己做顿好吃的，也是空想。所以，我没时间得病，没时间看病，没时间看书，没时间写作。工作日里，我没有时间，我没有我，我就是个机器，忙着为生计奔波。

很多时候一个人，难免会想家，想爸爸妈妈。不管他们在哪里，都是我永远的牵挂。所以，一有空，我就得去看他们，陪他们。而这样的时间少之又少。我还得顾及人情世故，亲戚朋友家里有事，有吱声就绝对得应声，得应声时间就不由自己支配。

35岁了，身体似乎也开始走下坡路了。所以得每天要求自己睡足美容觉、晚上泡脚30分钟、敷脸15分钟、艾灸2个小时。白天晚上趁空跳绳、打羽毛球、走路锻炼。心里想着什么时候开始学习瑜伽、太极拳。我还得学会炖鸡汤，得学会很多偏方……我有那么多的事情要做，要学习。我更得静下心来，读读书，写一写自己想写的东西。

我如此浮躁，听不得别人好心的劝告。我也着急，着急小妹的孩子还不会走路，着急我还没有好消息，担心有了宝宝后谁给我带，我将会怎样劳累的问题。担虑现实与理想之间的差距。

今天冬至，恰逢周末。雾霾不宜外出。一个人在家享受这难得的清闲。忽然就醒悟，冬尽春还会远吗？就深刻地体悟到时间的飞逝。按照古人"人生七十古来稀"的说法，我人生过半，却一事无成。整天看似忙忙碌碌，却碌碌无为。即便当下的生活水平和医疗水平都空前提高，但70岁以后的生活质量谁又能保证？这是按一般正常人的寿命计算，天灾人祸不包括在内。

忽然我就更着急了，不是为现实的哪一件事，而是为人生的短暂，时间的宝贵。想起小时候像今天的学生那样，哪里知道浪费时间的罪过，和小伙伴们嬉戏耍闹，以为那样的日子过去了还会再来。即便从小学一年级开始，就期待上三年级；上了三年级期待上五六年级；期待上初中，期待上高中，期待上大学。上学的时候总是盼望，毕业了一定要好好学习烹饪技术，好好犒劳自己从初中开始就在外面吃饭的可怜的胃。然而直到工作十几年后的今天，我依然不会做稍微复杂一点的美食。我很纳闷过去的这么些年我是怎么稀里糊涂地走过来的。否则，身为一个女人，怎么连最基本的烹饪知识都没有呢？

越想越可怕，假如我再像我的前35年那样过，是否还是一事无成？那么我来到这个世界上的价值何在，意义何在？看着电脑屏幕，我陷入了沉思。

我的前35年已经既成事实，任我再怎么悔恨也无从更改。没有时间像小时候以为的那样可以重新来过。过家家可以，任何一款游戏都可以。唯独人的生命不可以，从生到死的时间不可以。就像网红句："人生只售单程票，过去的就永远过去了。没有后路，没有彩排，每一场都是现场直播。"

"每一个你讨厌的现在，都有一个不够努力的曾经。"这些直击心灵的句子让我震撼。刺激着我不断调整生命的方向，生活的速度，生存的质量，生活的效率。不断增强活着的意义，生命的价值。

好在即便我已经踩着35岁的尾巴了，马上迎来我人生的又一个本命年了，我庆幸我终于明白了，我所拥有的今天永远是未来日子里最年轻的一天。只要有明天，今天永远是起跑线。我只愿活好每一个今天，过好每一个今天，有条理，有效率，有意义，有收获。有质感地走向一个又一个明天！

2014 年 1 月 28 日

人生四十

"岁月不居,时节如流。"正如孔融所说,人生呼啦一下就四五十岁了。十一届三中全会描绘出的改革春风还在耳边,却已和我一样,到2018已整整四十年了。

人生四十,已入不惑。还清晰地记得三十五岁年关时写过一篇珍惜余生的散文,清晰地记得里面引用贾平凹的一句:人生三十六是新的开始。那个时候感觉四十已经很近了,疑惑却从未减少,还似春草疯长。因此很是怀疑自己的智商。然而当两只脚迈进四十的大门,我才由衷佩服孔圣人的智慧。

当然也不是真没有疑惑,而是面对滚滚红尘能心平气和,再也不会为琐事暗自神伤。也可能是37岁做了母亲,母亲这个词语太沉重,因为只要有人开始叫你妈妈,你这个有了天使的菩萨,就再也不可能回到单身时的轻松和自由。你所面临的全新的生活靠你一人使出浑身解数依然一地鸡毛。每天累到瘫，睁开眼就是活，闭上眼还是活。曾经开玩笑给小王说，把妈妈变成三个吧，一个挣钱钱，一个陪你玩，一个做家务。妈还是一个，那三样事却一样都没少。我妈说，有个娃你一下成中老年妇女了。我苦笑了笑，心里想，我即使没娃，青年妇女的假象也掩盖不了我中年妇女的事实。

这近三年不堪回首的日子啊！小王一得病我就去中医院，翻阅推拿书，誊抄推拿穴位及次数。打开所购的网络小儿诊断APP，学推拿，学敷贴……俨然半个育儿师。至少身边再有小孩而不会大惊小怪不知所措了。学做婴儿辅食，进入母婴通道大买特买，母都是捎带的，而婴的从上到下、从里到外、一年四季，接续轮回。给娃理发，给娃洗澡，所有的这些，没有孩子几人下过手？都是无师自通的自我成长。平衡生活、学习、事业、职业，人不老苍天能饶过？可这老也代表着成长和成熟。那些生命中的天灾人祸呀，一下子变得无足轻重。

以前开车，遇到慢的动作笨拙的，嘴里不免嘟囔。有娃后，有两次很深刻的经历，对方牙呲嘴咧，我自岿然不动。该怎样还怎样，娃就坐在车上，所以我既不生气也不喧哗，知道时间会磨了他人的性子，一如我早已磨好的性子。也深刻懂得了"心系一处，守口如瓶"的重要性，我只管做自己认定的事情，坚持自己的方向。也无忌身边的声音和眼光，知道做好自己才是王道。

天下之事，唯有内心强大，方可战胜一切鬼神。懂得风雨自有来去，又何必在乎天晴天阴？自带雨具不淋雨，无人可替挨伤痛。只要不死，圣地亚哥依然坚强，没过几年，四十一到，我也变成了打不死的"小强"。

想起我曾经写的半截子小文《失意的时候,想想孔子》:昨晚因为编发一篇文章,成了一个文学群的谈资,影响得我一夜难休,感慨人的难做、人的难为、人性的尖酸刻薄,及其可怕可怜与可憎。

不为我,为这个世界上努力活着、却处处受人嘲弄讥讽排挤的人们。所以我必须说说孔子。孔子周游列国的辛苦、艰难以及处处所受的讥讽不屑包括追杀,让我们今天崇拜圣人的同时又增加了一重心疼和心酸。北大李零教授在他的《丧家狗:我读〈论语〉》里说:"孔子不是圣,是人……他很恓惶,也很无奈,唇焦口燥,颠沛流离,像条无家可归的流浪狗。"说得很形象。

太史公在《史记·孔子世家》早有话:"天下君王至于圣人众矣,当时则荣,没则已焉。孔子布衣,传十余世,学者宗之。自天子王侯,中国言之六艺者折中于夫子。可谓至圣矣!"和现代人一样,处于世,越是努力,越是会受左右的嘲讽和作践。特别是你取得了一些成绩的时候,他的不爽更见一斑,于是诽谤诬陷造谣无所不能。

更可恶的人性丑恶历史上也不少见:"扁鹊过邯郸,闻贵妇人,即为带下医;过洛阳,闻周人爱老人,即为耳目痹医;来入咸阳,闻秦人爱小儿,即为小儿医。随俗为变。秦太医令李醯自知技不如扁鹊也,使人刺杀之。"嫉妒到杀人的程度,让人痛恨,相反也更让人对扁鹊充满了惋惜和敬重。由今天的纪念馆就可见后人的敬仰和推崇。而那个秦太医令李醯下到地狱去了吧?

用今天的话描述下这个故事:扁鹊在世时名声已传扬天下。

他能随着各地的习俗来变化自己的医治范围。比如他到赵国邯郸时，闻知当地人尊重妇女，就做治妇女病的医生；到洛阳时，闻知周人敬爱老人，就做专治耳聋眼花四肢痹痛的医生；到了咸阳，闻知秦人喜爱孩子，就做治小孩疾病的医生。传说刚好他在秦国的时候，秦武王与武士们进行举鼎比赛，不觉伤了腰部，疼痛难忍，吃了太医李醯的药，也不见好转，反而更加严重。有人将神医扁鹊来到秦国的事告诉了武王，武王传令扁鹊入宫。扁鹊看了看武王的神态，按了按他的脉搏，用力在他的腰间推拿了几下，又让武王自己活动几下，武王立刻感觉好了许多。接着又给武王服了一剂汤药，其病症完全消失。武王大喜，想封扁鹊为太医令。李醯知道后，担心扁鹊日后超过他，便在武王面前极力阻挠，称扁鹊不过是"草莽游医"，武王半信半疑，但没有打消重用扁鹊的念头。李醯决定除掉扁鹊这个心腹之患，派了两个刺客，想刺杀扁鹊，却被扁鹊的弟子发觉，暂时躲过一劫。扁鹊只得离开秦国，他们沿着骊山北面的小路逃跑，李醯派杀手扮成猎户的样子，半路上劫杀了扁鹊。可怜一代名医死于非命，人们扼腕叹息以至千年，今天我们在临潼代王南陈村看到的扁鹊纪念馆就是后人仰其大医精诚的明证。网语云：我们只管做人，上天自有安排。

　　清醒地认识到人间的疾苦，是一个人走向成熟、走向大我的标志。周国平说，"人生最好的境界是丰富的安静。"所以，在我四十岁生日的今天，我反倒很开心上天赐予我人生中的所有恩宠和风雨，它们不多也不少，刚刚好地成就了我今天的坚毅、勤劳、刻苦、认真，当然也可能包括极低的情商和太多的执拗。所有的这些,我都感谢岁月,感谢阳光雨露,感谢身边的人和事,让我拥有从未有过的清醒。

人生四十,新的征程才开始。上有老,下有小,无限潜能在路上。

2018 年 6 月 6 日

励志的人都自带光芒
——何红雨新书分享会点滴

两周前,红雨姐微信我:4月13日这天别安排事,来参加我的新书分享会。我欣然应允。

红雨姐这些年勤奋高产,报纸杂志频发文章,使得各大出版社向她伸出橄榄枝,短短两三年时间出版了五本散文集子。这些书都是她的用心之作。每一本书都从不同角度出发,阐释她对这个世界的认知、感恩,读来清新自然、素雅脱俗,总让人心生美好。

4月13日,当我进入古西楼书屋三楼便眼前一亮,它满足了我一直以来想拥有一间书屋的所有梦想。即便西安城墙里寸土寸金,书店却利用得恰到好处,布置得温馨舒适,让读书的人、想安静的人随便找个角落都有自己的一方天地。这种美好,我只在梦里有过，没想到这一踏入，梦想就化作现实。

分享会特别成功，无论是主持人坤宁老师的妙语连珠，还是红雨姐优雅真诚的分享，都让每一个在座的读者（包括我）心生钦佩。红雨姐新书《女人就是要活得漂亮》的创作灵感，来自天津百花文艺邀请作家座谈时，她在天津地铁里看到的一则整容广告：一个容颜普通的女子靠整容就能拥有漂亮的脸蛋，活出女人的自信等。她就笑了，因为她想一个女人要想活得漂亮，只有漂亮的脸蛋显然是不够的，即便她没有漂亮的外表，她依然可以通过自己的努力活成一束光，照亮自己，甚至照亮别人，只有由内而外的漂亮才是岁月带不走的；相反，这种漂亮会在绵绵岁月中显出它恒久的魅力。

红雨姐说得多好啊，她自己就是活得漂亮的典范。在父亲的熏陶下她从小痴迷文学，终于走出了属于自己的特色，活出了属于她自己的精彩人生。

我很荣幸成为红雨姐新书分享会的分享者。红雨姐有她自己独特的散文特色，那就是她总能从看似平常，甚至我们熟视无睹的生活场景里，生发出小感动、小幸福、小清新，任你多么浮躁的心读到这样的文字，都会忘记生活的粗粝与风雨。这些小欣喜不是我们读者身边没有啊，只是我们把心思用到了不让我们欣喜的事情上，消耗自己。我们为其纠缠、难过、抑郁，其实一转身也可以像红雨姐一样，关注人间美好，忧伤痛苦也可能就遁形不见了。红雨姐正是用她的方式告诉读者怎么活得漂亮——当我们更多地关注身边的小幸福的时候，这些小幸福就会成为冲击人间风雨的大力量，大忧伤也会变成小忧伤直至剩下小幸福、小清新、小感动了。那么，努力到感动自己，那种光芒必然会照耀到她身边的每个人。

光芒相互照耀，也叫相同的磁场吸引吧？人生路漫漫，我们会遇见谁，只能用缘分解释了。除了血缘，可能就是共同的三观、拥有共同梦想的人，红雨姐和苏朋范就是这样的人。

苏朋范，西安古西楼书屋创始人。80后的女孩却有着非同龄人的经历和梦想。后来近距离接触，才知道她本人的故事就是红雨姐新书里的又一个版本，又一个"活得漂亮，活出了自我"的新时代女性标杆。

小苏说，她西安交大工商管理硕士毕业后，进入企业做销售和管理，走过中国很多地方，后来到非洲，体会到生命的可贵，回来坚决要做自己喜欢的事情——创建一间给人温暖的书屋。她来自河南开封，那里是七朝古都，所以十三朝古都西安就成为她首选的生活地和创业地，即便硕士毕业她的同学基本都去了北上广一线城市，她的这份选择也从未动摇过。只因为她喜欢文化，所以创建一间书屋来承载她年少时的梦想。

为了这样一个朴素的理想，当身边所有的人都告诉她开书屋可能会把自己也赔进去的时候，她力排众议，坚定地说："哪怕有一个读者进来，我都不是孤独的；哪怕我将我所有的投入都赔尽，我也认了，因为我不后悔。"她跑遍了全国一线城市的书店，了解到24小时书屋有着她最美好的初心体现，为那些心在流浪的人们提供一个暂时的休憩之所。而现实比最坏的打算好很多，越来越多的人走进了她的书屋，一传十，十传百，如今才两年时间，古西楼书店已然成为古城西安的一张名片，很多外地朋友把它当作模板来效仿。说起自己的故事，小苏带着欣慰的笑，因为她想起朋友们当时支持她说："你赔了就算了，你赚了就算我们入股了。"

一个人要干成一番事，调研、取经，加上她本身过硬的学识和业务能力，加上所处的好时代。她成功了，而且面积更大的书屋加民宿已在筹备中。古人说，心诚则灵，你用心干一件事，神灵可能连另一件事也帮你。最为关键的是，她通过自己的努力，活成了自己想要的样子。这是一种人生圆满。

2019年4月13日终将成为历史上一个普通日子，但关于努力、关于活法，这个日子将永远留在我的记忆里，因为红雨姐，因为苏朋范，因为她们人生的精彩和美丽，她们的光芒照亮了这个普通的日子。

2019年4月15日

每个人都是自己的英雄

热播剧《我的前半生》中,贺涵、陈俊生、白光三人喝酒聊天,每个人都在自揭伤疤:一个能装,一个认怂,一个说:"我是混蛋。"

贺涵说:"我一直在装,装得什么都彬彬有礼,装得什么都游刃有余,装得什么都不在乎。"装着的人生多累啊?认怂不累吗?觉得自己是废物的心理压力更大,不只是自己的,还有给周围人带来的,接着周围人再反馈过来更多的压力,能不累吗?一句话,活着就是累,累就是人生。

王小波在《三十而立》里说,出生前,"在十亿同胞中抢了头名,这才从微生物长成一条大汉"。是不是头名不知道,但肯定是幸运的那一名,也是很优秀的一名,成为了十亿同胞中唯一的英雄。

外国谚语说,每个人都是天生的第一名。也有人说,"每个生命都是亿里挑一"。刚来到世上,每个人都是一张白纸,这张白纸后来画上了什么颜色，成为什么密度，是立体的还是坍塌的？这里面会有父母的痕迹，但越往后痕迹越是自己的，等长大成人，成为"上有老，下有小"的中年人，你只能是自己的英雄，除此之外，你觉得还有别的出路吗？"啃老族"和"妈宝"们不在英雄之列。只有努力和成长才能成为真正的英雄。学识和道德缺一不可，能跳出原生家庭的成长只能靠学识，否则只会是父母们的翻版。

苏东坡是当时至后世中国人心中永不过时的偶像。永远的偶像，用他的学识不断调整他跌宕起伏的人生。

如果说到黄州以前他就是当朝大文豪的话，五年黄州生活让他成了后世之人的偶像：2000年，法国《世界报》评选上一个千年影响世界的十二位人物，中国人将其翻译为"千年英雄"，苏东坡是唯一入选的中国人，也是唯一入选的亚洲人。央视纪录片《苏东坡》介绍说，在黄州的这段岁月，是苏东坡文学艺术创作的黄金期，1082年，他的诗词、散文、书法皆可雄视千年，为宋朝代言。词作人方文山说："反而正是因为他的不得志，造就了他的文学光芒。"北京师范大学李山教授说："黄州的创作使他放到了李白杜甫这个行列里边去，毫无愧色，甚至还有更多一点自己的色彩。"

纪录片第三集《大江东去》的引导词这样写道：黄州，在公元1082年之后，发生了奇特的转型。当一个丰盈的生命，与一片博大的土地相遇，必然会演绎出最完美的历史传奇。

苏轼活成了中国人的英雄，又何尝不是他一次又一次参禅悟道、反省自我后，让自己的生命与当时的大地更妥帖地融合。"乌台诗案"可以结束他的政治生命，但好在留下了自然生命。自然的生命，是躲过了所有天灾人祸而存在的。一个人从命门开始爬出，就已经开始在人间"杀伐决断"，"人生难得几回搏，此时不搏待何时？""拼一个春夏秋冬，赢一个无悔人生。"只要你愿意，你就是自己的英雄。

"那些你受的苦难，只要杀不死你，终究会让你更加强大。"这就是成长，这就是英雄本色。我们小时候，大人总是爱问："你长大了干什么呀？"我们很多小孩子总会说："我长大了要开飞机。"这是一个很美的理想，但更多的小孩没有开飞机，他们可能在航天系统制造某个飞机零件，也可能在某个街道摆小摊，长大后他们变成了不同职业的人充实在各行各业，他们都有自己的职业规划。

上周末我们一家都在西安，小妹坐晚上的火车回包头，赶周一早上上班；大妹周一凌晨四点乘飞机去杭州出差，我早上六点出发，六点半已到临潼。我们开飞机的梦想都未实现，也或许对于小孩子来说，从来没有把说过的梦想当作现实，只是说说而已，但我知道我们都在努力，我们都在突破自己，我们的成长相比来到人间时的那张白纸，已经有了三维立体空间感。我们都在为生活奋斗，都在积极地为对方着想，平安是我们的共识。因为只有平安，才能不断奋斗，才有动力奋斗，才能不断地超越自己，成为自己的英雄。

任何时候，爱必须有基石，那就是爱自己，保护好自己，发展好自己，强大自己，让自己成为自己的英雄，才能惺惺相惜，吸引来同气场的英雄。

2020年5月20日

三舅走了

我跪在接魂的队伍中,接回我的大舅,接回我的二舅,接回我的三舅,至此,我的舅舅们都回家来了。我看见写有大舅名字的灵幡被引回家的时候,我大舅家的两个表姐哭得最恓惶;二舅的灵幡回来,和我年龄最接近的小表姐依然。我不知道这个时候,舅舅们的魂魄会不会和他们的子女感应。

我人生第一次这么近距离地参加亲人的葬礼。我的大姨妈、我的大舅离世的时候,我还小,只记得我妈回来整个人都不好了。总说,这一下她没有大姐大哥了。如同我年幼的时候,我外婆离世,我妈说,这一下她没有妈了,成了没妈的娃了。亲人的离世,于任何人都会有比平时更深刻的疼痛、体验和认识。

二姨妈离世前最后一次来我家,是个夏天,阳光很好,二姨妈和我妈在院子给我们姊妹做棉衣,手一边忙着针线一边笑着跟我说:"看我还能抄上你的大菜不?"我想着应该快了,便回答说:"肯定能抄上。"却没想一语成谶,夏天没过完,她就永远地离开了亲人们。家里没安排未成家的我去送行。

我的二舅,我曾经用《永远的校长》一文写过他,我的三个舅舅都是有退休金的,却都在退休后回家过着农人一样的生活,日子应该宽展些,但他们老年的辛苦,没让我觉得生活轻松。我的表哥表姐们一样过着普通农人的生活,辛苦地打工,辛苦地做着小本生意来维持生活。

二舅退休前在学校下台阶摔了一跤,被诊断为脑梗;退休后严重到半身不遂,言语不利,没有质量地生活了几年后,离世我没在跟前,葬礼也因家里人说的未养育而缺席,我只在最后的安葬时出现,庄重感缺失了很多。

三舅晚年依然是疾病缠身,卧床两年。表哥表姐们念及母亲这一脉,母亲的母亲有高血压,母亲的外婆也是高血压,高血压的遗传如此强硬和坚挺,后世没人能逃过?至少我母亲的兄弟姊妹七人无一能幸免。

给三舅送葬的这天,正值立冬之日,阳光甚好,田里的麦子葱绿油亮,我和我的表哥、表姐、表嫂们跪在坟前,我妈和我小姨妈过来,表姐表嫂们都离地起来围拢了她们的姨或者姑,我站起身原地未动,给她们拍了一张照片,背景让我想起"风萧萧兮易水寒"的悲壮,不管表姐们怎么表达对两个小姨身体的关心,我还是不由自主地想起,母亲和小姨妈是我们这一辈人最后的死亡屏障。有她们在,我们离死亡还隔着一辈人;如果父母辈的人都不在了,死亡就直戳戳地立在自己面前了。

亲人离去，悲伤难免。几个大表姐在歇息时说笑，妹妹们很不理解，我说，她们这样的生离死别场面见得多了，所以早已淡化了悲伤，或者变得麻木了。妹妹看着长长的接魂队伍说，只有亲人离去了，亲戚才能见上面，平时都没有这么整齐地聚在一起过。的确，不是亲人离去，好像已经没有聚在一起的理由了。过年也很难遇到一起。妹妹提议说，仪式结束，给姐和哥以及姨妈、妈照张合影。生活总让人忙，所以这个提议还没落实，表哥表姐们就已经各自回家了。

　　赵雷在《成都》中唱道："分别总是在九月，回忆是思念的愁。"我不知道歌词唱的是阴历还是阳历，但我知道唱的都是"静美的秋叶"时节，每每看到黄叶摇曳或者铺地，都会产生"人生苦短，草木一秋，风吹一片叶，万物已知秋，生命有终点，季节有更迭"的遐想。想起守灵时妹妹说，有时间就去看看姑姑们，毕竟也是见一面少一面啊。是啊，成为亲人是这辈子的缘分、福分，下辈子不一定都能遇见。亲人朋友莫不如是，遇到了在一起，能帮的忙就去帮，好好说话，让人间因为亲情、友情而减少一份苦寒，增添一份温暖。

　　贾平凹说，死亡是亡者带走了一份病毒和疼痛，活着的人应该感谢他。感念亲人，是我们生活的恒常。走过山山水水，血浓于水的亲情让我们牵挂。逝者再也不会有人间疼痛，世外桃源是我们所有人的归宿。悲伤过后，还得努力地好好活在人间，为了所有的亲人们，天堂的、人间的。

2020 年 11 月 10 日

做自己的事，积自己的福

一日早，送娃到校门口，遇一老伯搭讪："你娃上几年级？"我刚回"一年级"三字完，他就开始了自己的陈述："我孙女上三年级了，他们离婚了，孙女跟着她妈妈。我在这站了一早上，也没看见孙女，娃们都戴着口罩，也看不清。孙女从小是我和老伴带大的，他们离婚了，离婚后我们一个月给孙女3000元抚养费，她妈却不让我们见孙女……"老伯边说边用手背揩眼泪。

这世间多的是爱恨情仇和悲欢离合，多的是怨怼和伤害，却忘了"举头三尺有神明""人在做，天在看"的宇宙法则。我不了解内情，不知道妈妈受到了怎样的不公，但这件事，妈妈很明显砍断了一条亲人之间爱的通道，老人的爱无法传递，孩子的爱无法延续，加上妈妈执念未消，所有不流畅的感情安置于身心都无益。

人心本无染,心静自然清。岁月本不易,莫要太强求。有时候,你想得越多,顾虑就越多;你害怕得越多,困难就越多。放下执念,专心一事,为了家还是为了国,为了娃还是为了活,总得有个重心,手心是握不住所有沙子的,但身心里可以有秩序,有仁义,有情怀,有理念,不能只有怨怼和惩罚。

一个人的内心是否真正强大,往往不是看他征服了什么,而是看他能够承受什么。

当我们用成长型的心态面对生活的一场场暴击时,才能穿越无尽的黑暗,无论这黑暗是人为的,还是自然的。梁晓声说,靠了思想的能力,无论被置于何种艰难的境地,人都不会孤独,他能自我拯救。

做自己的事,清自己的心,积自己的福。不忘恩情,不失诚信,不伤人心。在自己的世界里独善其身,在别人的世界里顺其自然。"施恩不望报,望报不施恩。"不对他人奢望,积德行善,自有苍天。如《应物兄》中乔木先生的名言:"传道授业桃李芬芳,悬壶济世杏林春满,都是积德的事。"的确,积德的事都是不动声色的,如春风化雨。

"世事短如春梦,人情薄似秋云。"人生苦短,抓紧时间做事;人情淡薄,降低期望干活。自己以为的不一定是对的,别人以为的也不一定是错的。该自己的事就去做,有多大能耐做多大事,和繁重的工作一起修行,心不迷乱,心正心安。任尔风吹浪打,我自沉着达观。

2020 年 3 月 8 日

/ 中年 /

哭李商隐

这学期再上唐诗单元,忽然就特别慨叹李白的《蜀道难》《行路难》,以求"济苍生、安社稷"的理想之路更难;慨叹杜甫一生怀"致君尧舜上,再使风俗淳"的"万里之望"却壮游、困守、陷贼、漂泊,忧国忧民忧天下忧自己,《登高》台,怀羁旅,叹古咏史感时伤世,"长使英雄泪满襟";慨叹白居易"兼济天下"的正义被权谋阻隔、摧毁,"江州司马青衫湿",失望和悲愤与沦落天涯之感交织,从此只能"独善其身"。

如果说,讲前三位大诗人的诗歌让我感到人生悲凉得想哭的话,到李商隐,我真哭了。哭李商隐"虚负凌云万丈才,一生襟抱未曾开"的落寞;哭他幼年失怙的凄惨:10岁的李商隐,面对父亲在浙江任上去世的事实,只能随母还乡,回到河南,担负起整个家庭的重担。承担着"人生三大悲之首"的李商隐,不仅"书佣舂米"打工挣钱补贴家用，还得照顾体弱多病的母亲，原生态家庭的变故使得他成长为一个内向、敏感、软弱的人。

好在这种性格的孩子往往也感情细腻，敏思好学，加上天赋过人，他16岁便文名满天下。

终于有机会拜谒名人，得到白居易的赏识，将他引荐给当时的元老重臣、时任东都洛阳留守的令狐楚，令狐楚爱才如命，视李商隐为己出，被后人看作义父义子关系，帮助李商隐得中进士，李商隐的前途一片灿烂，可没过多久，令狐楚就去世了。悲伤的李商隐帮助料理完令狐楚的丧事后，又因受职选拔落榜迷茫消沉。

这时，泾原节度使王茂元被李商隐的文才吸引，邀请他来给自己做事，李商隐直接就去了，有工作就有希望。王茂元喜欢这个才气横溢的小伙子，将女儿许配给他，那种家的温暖，让他的生活逐渐有了起色。然而这种简单的人生选择，却将他带进了政治的泥沼漩涡中。

王茂元和李德裕交好，李德裕任宰相时，李商隐母亲不幸去世，李商隐回家丁忧（服丧守孝三年）。为母亲丁忧尚未结束，岳父王茂元又突然病故。等到丁忧结束回归朝堂，李德裕一党遭清洗，"牛党"上台，他被排挤出了权力中心。等他的"义兄"令狐绹任宰相，他一再写信希望得到照顾，却被"义兄"一派认作"忘恩家，放利偷合"，从此，李商隐后半生背负"忘恩负义"骂名。牛党和李党都把他看作异己、叛徒。

没有工作的李商隐，接受被降职的"李党"成员郑亚的邀请，赴桂林任职，在桂林不到一年，郑亚又被贬谪，李商隐随之失业。

按李商隐的话说，这样过了一年耻辱的生活后，时任武宁军节度使的卢弘正向他抛来橄榄枝,邀请他到徐州任职。卢弘正能抛开党派的争斗挞伐,说明他是一个正义的、注重能力的人,李商隐终于又等到施展才能的机会,可是天不遂愿,一年后,卢弘正病逝于任上。李商隐又一次失业。失业还没回到家,却收到恩爱妻子王晏媄亡故的书信,中年丧妻,是李商隐遇到的人生第二大悲。

悲伤的李商隐接受了西川节度使柳仲郢的邀请,于是他又去四川做判官。四五年的四川异地生活,他对亡妻的思念愈来愈烈。后来又追随柳仲郢入京,被安排任盐铁推官,在这个小官任上他坚持了两三年,终选择罢职回乡。不久就在郑州病故,享年45岁。

阿德勒说:"幸运的人一生被童年治愈,不幸的人一生都在治愈童年。"纵观李商隐的一生,敏感而自卑的性格让他似乎一直在寻找爱和佑护,以及实现政治抱负的入口。和单纯的锦瑟(令狐楚家的侍女)少男少女的情思、和宋华阳(公主的侍女)的暗恋、和妻子王晏媄的幸福生活,都是他在冷酷的现实生活里的暂时逃避和取暖。而令狐楚、王茂元,甚至郑亚、卢弘正、柳仲郢等前辈对他的提携和关爱,更像是他童年缺失父爱的寄托和追寻。

加上所处的晚唐政治混乱,朋党纷争,生性敏感怯卑单纯的李商隐,境遇可想而知,地位低微的读书人的精神痛苦,贯穿在李商隐的生命中,郁郁不得志,潦倒终生。他走不出自己寥落困顿的心境,他想学陶渊明,想出家,但都没有成功,所以他早早地走上了父辈们英年早逝的老路。气郁加遗传,挣脱何其难?

一个人便是一个时代的缩影。李商隐在险恶的政治漩涡里,至死都未曾浮出水面。

好在，他在晚唐逼仄的政治气象里，对诗歌的美感追求一如既往，甚至在遭遇了一重重暗黑后，依然不忘让自己的诗歌风格更加摄人心魄、绮丽委婉，也因此收获了后世一茬茬粉丝。

如我这般的粉丝，哭李商隐，何尝不是哭自己？

2022 年 3 月 26 日

生

活

晨跑

每有条件和机会晨跑,感觉这一天都是幸福的。就如今天,醒来一看六点了,微信五点半就有约跑者,回信说"现在走",答复是"已经跑回来了"。六点十五分边下楼边另约人,微信里有呼呼风声,被告知正骑车,已到新丰。于是无牵无挂一个人出小区开始热身。

没有同行者也好,不用考虑和人互动,只关心脚下的路和心中的事就够了。虽然安全系数不高,但自由度高多了:什么事都可以想,什么事都可以不想,路上也曾打开手机里的经典老歌,结果无福消受,于是继续默默向东。

路叫秦唐大道,以前叫城市快速干道,直通兵马俑。路是东西向,往南看,骊山北麓的秀美,在旭日的照耀下,更显苍翠。晨跑有绿意盈目,幸福感也油然而生:"天地有大美而不言。"

骊山之于临潼人民的馈赠，值得我们用一生去感恩。

在骊山所营造的秘境中晨跑，心灵的褶皱，身体的小恙，随着步子的不断变换，不断向前，慢慢地舒展开来。于是，心中积郁的那些不如意、人性的贪婪，都被这天地的宽厚仁慈消融掉了。

想起高中在校队，被要求每天早上从高炮团路口跑到鱼池，那时候我不懂晨跑于人生的意义，以为只是为了比赛。所以后来的人生，20多年无晨跑，不懂锻炼的重要。10多年前和驴友们晚上爬骊山，坚持了四五年，有了小孩后，很多年没上过骊山。但只要南望，骊山的蜜意和我的柔情从未改变。相反，因为人世的拥攘，这种浓情与日递增。

骊山用博大的胸怀收纳了这片土地上所有的喜怒哀乐，消解了所有的恩怨情仇。骊山无语，全靠体悟。骊山的陪伴，让晨跑在朝阳中成为一种高光时刻。积极、阳光、奋进都入我心，让我有了成为自己英雄的感觉。

暑期学习，看交大教授们的"西迁精神"，更被他们的家国情怀所感动；编辑王选信老师追忆化工院的文字，也被身边的老前辈们坚守的"特别能吃苦、特别能战斗、特别能攻关、特别能奉献"四特精神所感动。

人生总在不断的历练和某种坚持中豁然开朗。想起用心的文友不止一次说我，写作进入了瓶颈期。甚或有时坐在一起，谈起我的问题，说我不进反退，越来越写成语文老师的文章，一副教育人的行文套路。我思考我的症结所在：是阅读跟不上了。

于是这个暑假，除了基本的养育生活和编辑文字，就是读书。听周老师的意见，读了陈彦的三部曲：《西京故事》《装台》《主角》。王蒙的《活动变人形》，周大新的《天黑得很慢》，以及很多中短篇小说和散文。每本书读完都有想写读后感的冲动，却因为各种的原因，灵感遁去，写作欲望消减，遂不了了之。

看到乡党高凤香老师在长安的文友群里发了她的《〈霍乱时期的爱情〉书评》，禁不住点开看，看完更不敢写了，写文章就此夭折。看来，要想突破瓶颈，还得继续坚持读，而不是着急写。

是啊，有时候，走着走着就得停下来休息一会儿。为新的出发整理心绪，整理行囊，填充增减物资。路途的景色变了，对身心的要求可能也变了，只有不断充实自己、调整自己，才能与时俱进，高效有序。

活着，身心健康是第一要义；其次才是坚持和努力；再次才是更多的精彩成分。村上春树说："跑步不仅是体育锻炼，还是一种人生隐喻。"很多人说："人生，唯有锻炼和读书不能辜负。"

"从明天起，做个幸福的人，跑步，读书，感悟生活。"

2020 年 8 月 27 日

车上的生活

不经意的临时起意,忽然这学期就开始了车上的生活。

每天早晨迎着朝阳,遇到好天气,太阳早早穿过云雾直射眼睛,只能放下遮光板小心谨慎穿行。之所以用穿行,是因为在如水的车流中,要尽可能缩短路上的时间,以期早一点到单位,开始一天的工作。

下班又迎着夕阳回家,遮光板的利用率从没像今天这么高,小心谨慎穿行为的是早一点去朋友家,接回我家小朋友。

可是时间再怎么缩短,距离是不会改变的。过去晨跑在这条路上的心境仿佛已是前世。晨跑的轻松和通透,与紧握方向盘的操心和压力,是两种截然不同的灵魂体验。

不同的感受还体现在中午的休息上,过去哪怕十分钟的平躺,在今天都成为奢望。同事们努力了几天,最后还是只能在车上午休，腰疼总比头疼好受一些。所以即便腰疼依然想着法子在车上休息，看着车窗外的法桐叶在秋风中摇曳，忽然心生好感。如此和植物的近距离相处，也是难得的机会。

想起前两天中午，眼睛离开电脑已开始模糊，于是出校区进社区，才在林荫间明白刚来学校出不了社区的原因。于是又出社区进生态园，顺着园中小径一路向南向东，发现一大片平坦的、干净的未长任何作物的土地，视野马上开阔起来，当时欣喜地告诉朋友，在城里肯定不会有这样的福分。又过马路去西边的人工湖，小径曲折幽静，阳光点点，有鸟儿不时叽喳，甚至有已经红透的柿子挂在枝头，我知道我是在幸福中游走和散步了，伴着手机里传来的美文，我产生一种在仙境的恍惚感。

想起曾国藩的"物来顺应"，人生如行路，虽有一路不同的艰辛，但也有一路各式的风景。所以顺应环境，放下执念，随遇而安，才能活好当下，不辜负生命，快乐豁达。

人的一生中，谁都会有猝不及防的经历。唯有"物来顺应"的改变，"当时不杂"地做好眼前事情，甚或说成"越是困境，越要自己撑过去；越是难熬的时光，越要自己熬出来"的心境。

"绿水本无忧，因风皱面；青山本不老，为雪白头。"曾经内心翻滚的波浪，在日复一日的坚持中沉静了下来。沉静到给亲人报喜不报忧，懂得再多的诉说已经无济于事，不如"饥来吃饭困来眠"。明白了"世上所有的遇见都是修行"。

想起"既过不恋"。过去的都成为历史，懊悔于过去的选择，只会浪费当下的时间。选择积极接受生活的大挑战，才能成就温暖而强大的内心，看到不曾有过的风景。

当我专注于当下，即使在去医院的高速上也着急超车时，我知道我拥有了不曾有过的经历和不一样的强大，即将到来的冬天也显得不那么可怕了。"春来花自青，秋至叶飘零。"万物固有它的规律，除了顺应和想办法适应，从容淡定，未来怎样，都不至于再有前期的心理崩溃和不能控制的外在情绪。

我把程枝文的《士当弘毅，学不可以已》分享给学生，让他们明白困境是为了给我们一个绝地反击的机会；我把张丽钧的《向自己发动一场战争》分享给学生，让他们明白克服懒惰所要的狠心和持续发力，能成就未来更好的自己；我甚至把王蒙的《我为什么没有自杀》分享给学生，让他们明白身处逆境时，可能恰是学习条件最好、心最专、效果最好的时候。我何止是为了调动学生的积极性，更是在给自己鼓劲和加油。

诗人里尔克说："哪有什么胜利可言，挺住就是一切。"做好吃苦的准备，即便当下的现实再残酷，车上的生活再艰难，也得慢慢熬。熬的不只是时间，更是一种成长。

2020 年 9 月 20 日

/ 生活 /

高贵的烦恼

新房装修,搞得我焦头烂额。回想起来这是我第一次经管的、不论是从财力还是心力上最大的事情了。因此,我最近的心情应了当年很流行的歌词"最近比较烦,比较烦,比较烦,总觉得日子过得有些极端……"

影响最大的是每天早晨上班采用的交通工具。因为感觉不能把自己的生活经营到最佳状态,所以每天早起就是个问题,不得已只能打车上班。可出租车费比原来又涨了,在我刚装完房子后,又连着一个星期的早上都选择出租上班的时候,我突然觉得有点奢侈了。那就早起一点坐公交吧,门前新开的公交线路每16分钟一趟车,按点也可以。可问题是有时候在路口等了20多分钟,还没有车的影子,心里那个埋怨啊,早知道这样走路也到学校了。那就骑自行车,10来分钟就到了,但是大半部分的上坡路,到学校气喘吁吁又怎么面对学生？同事建议买个电动车吧，我当即否定，寒流来了，太冷。看来只能考驾照了，可是想起一起起亲眼所见的车祸惨案，考驾照的计划也半路夭折。

　　工作性质决定了我好像只会一心一意工作，因为工作一天后我已经心力交瘁。所以当家庭和工作都想顾上而又不能顾全的时候，我只能焦头烂额，甚至老是埋怨生活怎么总是不尽如人意。

　　直到我看到一篇文章，说一个人焦急地等他的女友来约会，恨不得时间过得快一点，于是有个小矮人帮他实现了梦想，女朋友马上出现在他的面前。他又希望早一天和女友结婚，小矮人又帮他实现了理想。他又想着赶紧有几个孩子，同样也实现了。他又着急让孩子快点长大，小矮人依然如他所愿。后来他就老了，老态龙钟，风烛残年，快要离开人世了。他就后悔自己那么着急实现理想，而匆忙到没有多少岁月享受人间的一切了。后来发现是一场梦，才知道即便是等待也不能焦急，等待中可以做许多事情，看到许多你从来没有发现的风景。我是否也应该这样？

　　忽然，我就觉得我的烦恼很高贵，我不能像处理垃圾一样把它们赶紧处理掉。我得好好捋一下自己的思绪，该干什么的时候干什么，没有时间挤时间干，把生活调理得如平常一样顺畅。这么做的时候，我的心情舒坦极了。把烦恼看得高贵一些，那是对自己的礼待。

2010 年 12 月 14 日

/ 生活 /

生命的孤独

年少的时候,我几乎没有感受过孤独。开心的时候有玩伴,委屈的时候给父母一讲,瞬时就会被他们逗得破涕为笑。心里单纯而明净,快乐总是主旋律。

可越是长大,越能体会生命的孤独。一方面是再也不能像小时候那样有事去找父母了;另一方面,时不时地体会世态炎凉,人情冷漠……当这样的感受不同程度地浸淫神经的时候,我找不到一个倾诉的对象。甚至,至亲如父母,虽然一路陪我们走来,可也只有小时候无微不至的关怀,对物质、精神的提携与关照。而我们长大了,羽翼丰满了,飞离了当年的鸟巢,可能会因为空间、时间的原因,只报喜而隐藏忧愁。特别在遭受了不公正待遇而无从倾诉,即便倾诉,却得不到答案的时候,孤独就浸渍全身了。

但孤独以后,又发现它能引人深思,使人清醒。甚至,还会让人自觉不自觉地向先贤靠近，以其大孤独来排解自己的小孤独，并试图理解"古来圣贤皆寂寞"的况味。

想起了被流放的屈原是孤独的。屈原为了实现振兴楚国的大业，对内积极辅佐怀王变法图强，使楚国一度出现了国富兵强、威震诸侯的局面。可好景不长，他的才能被小人嫉妒，昏庸的楚怀王竟然不能理解他的赤子之心。新即位的顷襄王比他父亲更昏庸，把屈原放逐到更偏僻的地方。屈原在长期的流放跋涉中，精神和身体所受的摧残和痛苦可想而知，孤独的感受更是浃髓沦肌。而孤独的诗人依然吟唱着对君王的奢望，希望他们能幡然醒悟，明白自己的忠心，给自己施展能力的机会，实现楚国的富强。这样的梦想在楚国的都城被秦兵攻破之后，完全破灭。他吟唱着："宁赴湘流葬于江鱼之腹中。安能以皓皓之白，而蒙世俗之尘埃乎！"用抱石沉江的方式自洗清白……他且行且吟的孤独形象，而今依然留在国人的心间。

想起被贬黄州的苏东坡是孤独的。余秋雨在《苏东坡突围》里集中地体现过这位中国历史上最有才气的文人在"乌台诗案"后，被贬黄州的孤独：他那一封封用美妙绝伦、光照中国书法史的笔墨写成的信，千辛万苦地从黄州带出去，却换不回一丁点儿友谊的信息。之前作为北宋文坛先锋的他，周围拥攘的声音何其多。而现在，原来的世界在身后已轰然倒塌，没有一个人捎来哪怕只言片语的关心问候。那样一落千丈的失落和孤独，只有身处当时荒凉萧条黄州的苏轼体会得染神刻骨。所有包括当朝和后世爱戴他的人，都不能给予他当时的温暖，这种刻骨铭心的孤独，说给谁来听，只能用他擅长的笔墨表达出来："缺月挂疏桐，漏断人初静。谁见幽人独往来？缥缈孤鸿影。惊起却回头，有恨无人省。拣尽寒枝不肯栖，寂寞沙洲冷。"

更是想起才气纵横的曹雪芹是孤独的。他那"披阅十载，增删五次""字字看来皆是血，十年辛苦不寻常"的写作状态，诠释了他的孤独。他性格傲岸，愤世嫉俗，豪放不羁，一生穷困潦倒。身后研究"红学"的人，是否又真的能理解这部中华民族古往今来、绝无仅有的"文化小说"作者当时创作的辛酸和孤独？

还有历史上那么多孤独的伟人。牧羊保节的苏武，忍辱负重的司马迁，登幽州台吟唱"前不见古人，后不见来者。念天地之悠悠，独怆然而涕下"的陈子昂，登岳阳楼吟唱"亲朋无一字，老病有孤舟"的杜甫，梅妻鹤子的林和靖，至死也不忘收复中原的陆游，尝遍百草的李时珍，虚构花妖狐魅的蒲松龄，甚至于能侍从帝王的纳兰性德。耳朵全聋的贝多芬和被精神疾病困扰的凡·高在世的时候都体会过深刻的不能被人理解的旷世孤独。

好在他们虽然孤独，而孤独，反过来成就了他们生命的厚重和伟大。甚至可以说，如果一个人没有孤独，就不可能厚重和伟大。想到这里的时候，我很欣然受用这样的孤独，并且希望它能成就我的人生。

2012年2月23日

学校门卫

门卫高师,全名高建初,我以前并不知道他的名字,甚至连他的姓氏都对不上。平日见了,都是白搭话,但他毕竟年长我许多,所以有时候就以叔称呼。

年后初八晚,微信有人发朋友圈,说高叔走了。我不知道高叔是谁,以为与自己无关,看到许多同事跟帖悼念,就想可能与学校有关,于是着急打听。种老师说是门卫高师,又说个子高高的,学校对面贾堡子人。我便确认了这个永远离开了我们的高师,就是那个常和我说笑的门卫叔。

我不知道高师傅在学校做了多少年门卫,只知道我选调到学校他就在。但他只要看见我,就会笑着说话,当然话最多的时候,往往是发了我文章的杂志来了,我没有及时拿,这个时候他就会说:"杂志来了好久了,老不见你取。"还不忘调侃和他一起值班的周师傅,说:"周师,让刘老师把你也写一下,登在报纸上……"周师傅和他打趣的时候,我也会去考虑这个命题,但总不知道写什么,从哪写起。我曾经看到过一个户县同行写过他们学校的门卫,具体写的什么内容已经模糊不清了,也没有再找到,但当时看文章的时候觉得很有收获。也想过写写我们的门卫师傅,但由于自己的能力以及和他们交往的浅薄,总觉得乏善可陈。

我能对上周师傅、朱师傅的名和人,完全是因为高师傅常常给我提起他们,唯独没有说过他自己,所以那个我一进单位门就能看见的笑脸、和善的面容我一直不知姓甚名谁,但这并不影响一个普通门卫传递给一个普通教师的温暖。

很多时候就像今年的大年初八早上,我进校门就希望看到他,因为往往我看他的时候,他就看着我,我们会彼此微笑致意。可今年的大年初八是朱师傅开的门,我也没多想,毕竟他们也轮休。可等我确信是他不在了,利用下课时间去门卫室了解情况,朱师傅才告诉我,高师傅平时也没有什么病,就是血压高一点,大年初七和亲人们在一起喝了些酒,晚八点下班后回家,初八早八点该他换班了他却没按时来,打电话联系不上,换班师傅又打电话给张老师,张老师又给周师傅打电话,周师傅又打电话给高师傅爱人,爱人在女儿家看外孙,回家叫高师傅起床,高师傅却再也答应不了了。他的生命定格在2019年大年初八,这让我想起去年大年初九没有醒过来的红柯,也想起那个网红句:"明天和意外,你永远不知道哪个先来。"

因此,我们常常会在重新被刺激出这个句子时,心里一激灵:"珍惜当下,过好今天。"其实从另一层面何尝不是"我来过,无悔过"。我来时激动万分，我走时世界平静。当然我也可以走时崩溃无声，那是留给生者的。给生者留下或大或小的物质和精神财富，都值得生者惦念，因惦念而思考，因思考而改变，因改变而可能更美善。这也是逝者给生者的遗产。从这一点来说，高大的红柯和平凡的高叔，都给我们树立了人生的榜样。生者的遗憾处，恰是逝者生前的伟大之处。所以，活着的人，活出价值，哪怕曾经一句温暖的话，都值得被放大，温暖更多的后人。

当然，我们也总会用"生老病死，本为常态"来安慰每一个活着的人。没错，毕竟这个世界每一天都在立新破旧、推陈出新、新陈代谢。但我们往往会因为亲人、朋友、认识的人忽然和这个世界告别，没有留下一个字，身边没有一个人，而产生无限的惋惜、遐想和哀伤。他们在生和死交接时，进行过怎样的思想活动，经历过怎样的身体斗争，都成为千古之谜。

64岁，根据现在的物质生活水平和卫生医疗条件，怎么说都不应该和这个世界猝然告别，更何况是一直内心平静身体无恙的高师傅呢？但高师傅的亲人永远会记住这个年龄和这个新年。包括我，几天来一直想给他写点文字，虽然因为各种原因今天才动笔，但是他不止一次地告诉我写写周师傅、朱师傅，唯独没说写写他，这是上天给我的旨意吗？我不得而知，我只知道，作为门卫的他，看到每一个来访的人，都会和颜悦色地仔细认真问明原因，尽其所能地在规章制度内帮助家长或者来人。

门卫这个职业，我从高师傅身上，看到了人性的光辉：这个窗口，和所有的大小窗口一样，都给人人间四月的温暖。我从没听过和见过他和来人吵吵嚷嚷，或者露出趾高气扬的骄傲姿态，见到和感受到的只是来自人心的良善和一位长者对于晚辈的关爱。有时候为了放学不和学生拥挤，我将车停在校外，走过校门口的时候，为了节约时间，总是一路小跑，他就会笑着说："从没见你慢腾腾地走过，慢点，别着急。"有时候来早了，在门口待着看黑板报，他就会说："娃哩？谁看着，没人看你引来放到这，我给你连带看着。"我知道那都是玩笑话，但这话里传递的是人间温情。

我们对一个地方的好感，往往来自人。这些萍水相逢的人，总给他周围的人平和安宁快乐的感受和源泉，这个人就值得分享。而如今，我再进校门，来自高叔的温暖只有记忆里的留存了，我们常说"好人一生平安"，但总感觉上天对好人又过分残酷，让活着的人对现实产生怀疑；但是，一个人活着激励过很多人，帮助过很多人，哪怕只是做好他自己的分内事，他就活得有价值，有意义，"这个世界他来过"，留下很多有意义的脚印，在很多人心里留下美好的印象，那么他到底是飞得长还是飞得短都不重要了。

人固有一死，留给亲人朋友周围人有可惦念可分享的真善美就够了，这一点上，高叔在天之灵可以安歇了。因为，他带给我们新的生命启示和感悟，让他永远地活在了我们的心里。

2019 年 2 月 16 日

东行大荔合阳

包头未成行，遂打算完成很久以来的一个心愿：去韩城。如当年读了余秋雨的《废墟》后，急切地想去莫高窟的心情一样。来韩城是因为太史公，从小时候读书司马迁驻进心里，就有拜谒瞻仰他祠庙的"伟大"理想，或者说成有生之年一定要去一次韩城。一座城因一个人高大，如苏轼对于黄冈。这样的高大是人文的，直抵心灵的。

说服家人与我同行，提前未做丁点功课。出家门，上河堤路，第一站先到大荔，本来打算看下天下粮仓，饭后家人说那个没意思，去下同州湖风景区。结果导航又原路返回景区，本来已准备下车转转，车未停当却发现中午时分湖面澄澈几近无人，忽觉炎热无趣，百度处女泉和司马祠都在百公里内，又掉转车头，再次出发。

/ 生活 /

读书时的印象里，渭北平原总被冠以广袤的修饰词，这回总算是真正领略了。路途平坦不说，路况成熟，路宽车少，让人心生欢喜。没有比较，就没有波动。平常在家周围，到处修路，到处堵车。而这一路，就只在大荔到合阳上高速的韦庄段20公里处有修路工地，路况较差外，其余均是车少人稀路宽的美感了。路两边所见成熟的秋景，出了穗的苞谷夹杂着一片片葡萄，一片片冬枣，或是一片桃林，一畦苹果树，果子挂满枝头，车过景走，美不胜收。

司机专走低速，一路介绍他所熟悉的镇点和发生的故事。我很意外这里有很多砖塔，到底有什么样的人间风情和历史故事，怎样的人参与了什么样的场景，留下了后人只可仰视的高塔。父亲说，唐塔汉冢猪（朱）打圈。说的即是今天留下的塔一般都是唐朝的，坟冢都是汉代遗留下来的，城墙都是明朝建造的。所以如果不是后世所建，这里每座塔都是一部史书，值得去深究，因时间仓促，所见之塔总是一掠而过，空留遗憾，未来的日子还有机遇再来吗？太难说了。人生就是这样，有时候，错过了就是一辈子；有时候又重逢，懂得珍惜更显真情。应该说，大荔之行，是此次出行最大的遗憾。

下午五点到达处女泉，沟深路堵，才醒悟到黄河在滩里，非一路下坡而不能速达也。家人都觉得洽川名声在外，所看之景寥寥，处女泉也很小，除了几个游人在泡温泉，实在无可赏的美景。倒是往河滩里走木栈桥，下面触手可及的荷花、芦苇，荷塘芦苇荡里的飞鸟，让人顿觉自然与人的和谐有道。特别适合亲子旅游，两岁三个月的小朋友在这样的环境里完全忘了劳累，走完了长廊，到尽头上了木头塔，还要求从长凳上来回跳跃。木塔为游客远望黄河而建，但因距离较远，只能看见盘旋的白色飞鸟在眼前忽远忽近，更远的高山和较远的滩涂组成的雄浑画面，心被祖国的壮美山川所俘获。若不是小儿不停要上下跳跃，应该能多阐发一点感慨的。塔上展有《诗经·关雎》一诗，先生诵读，惹众人笑得一塌糊涂，引来多人诵读，文化也可以传染。

说起文化，不得不说合阳这一路上的文化广告牌效应。从洽川爬上来，就看到广阔的平原上右边一个巨大的门楼，上书"福山"两个大字，因天已近黑，人困马乏，望了望福山，就快马加鞭赶赴合阳县城，解决用膳住宿的大问题。晚八点到达县城，却因不能找到一个合适的宾馆而着急，路遇一人，很热情地告诉我前面的紫荆酒店不错，边走边聊，问了我从哪里过来，听说西安后，马上说她从咸阳嫁过来，怪不得听我说话有家乡音，很是一番感慨。于是径直掀帘而入，很考究的装饰，点菜时专门点了合阳踅面，可能因为菜太多太好吃，踅面显得硬而咸了，没有面的感觉，像是面饼切成的，味蕾也似挑剔了许多，并未感觉到它的美好。直到百度，才知道它的厉害，可谓如今方便面的前身，由韩信发明，对大汉帝国的建立起了相当大的作用。也明白了关中道，道道有历史，路路有文化，或许常见的地方历史上也发生过惊天动地的故事，普通的土地上也曾有伟人驻足劳作，而我们今天只能祭奠和怀想。

说起合阳的历史伟人，不得不说帝喾。但知道帝喾却是当晚下榻合阳县城，看手机，才看到合阳籍的秦景侠大姐发来她的老乡所写的帝喾墓，遂起祭拜意。急忙百度位置和有关信息，却看到一个网友写他去拜谒帝喾墓的博文,其中有一段是这样的:"我看到的是垃圾成堆,陵墓上到处都是长草。我费了很大的力气才把墓碑上的草拔掉,看到了帝喾陵几个大字。四边都是村民种的菜,明显是很久没有人来了,陕西陵墓就是多,不把它当一回事太正常了。"忽然就没了去的兴致。

这让我想起若干年前去蓝田,一位朋友在回来的路上引我们去祭拜三官庙,当时也是一通好找,找到的却是门口垃圾堆连着公厕,臭水横流,不堪下脚。但已经到了,就进去转了转,好在门里面是另外一番清幽的场景。但屋外的肮脏让人作呕,真不适宜做历史遗迹的门面。回到帝喾墓,不被开发也应处在深闺有模样,这样的不尊历史、不重祖先,让人心寒。

第二天早退房,服务员的合阳口音,让我想起过去的两个同事,如今也天南海北,各自安好。其实,人生就是这样,原来很熟悉很要好很亲近的人,不知不觉就渐行渐远了,有的甚至老死不相往来。

想起一个现在也只有事才打电话的朋友曾经对我说过一句话:人与人相处,最高的境界是"相忘于江湖"或是"相濡以沫,不如相忘于江湖",我已忘了原话,就记得"相忘于江湖",那时候第一次明白人和人相处的最高境界也可以是这样的浪漫与缥缈。可即使这样,我却依然很感谢那些一路走来一直陪伴在我身边的朋友,那种镶嵌在生命里的友谊任时空变幻而永不凋谢的馨香和温暖,永世芬芳。

生命就得这样走着,看着,想着,回味着,比较着,然后嗫嚅着,唠叨着,向前着。

2017 年 8 月 8 日

人生悲苦，幸福自定

今晚忽闻一过去上学谈恋爱、工作即结婚的朋友劳燕分飞的事。理由很狗血，男主在工作中有新恋情了。当新的恋情大白于天下，身边全是指责的声音："男的看着人模狗样……"诸如此类，大家都坐在道德的制高席上指点着这对破坏了家庭的男女。还不忘整天讨论人家怎么发展起来的，现在领证了没有等，有的人有时关心起别人比自己都多。

两个人在工作中日久生情，并且因爱离婚，绝不仅仅是狗男女，他们比那些婚姻一潭死水和婚姻一潭死水外面却鸡鸣狗盗的强太多。我佩服他们的勇气，也艳羡他们中年的缘分，人生太短，有几人到中年还能激起爱的涟漪。那种又想保留死灰的家庭给外界，又想在外面寻欢作乐的男人最可憎，最可恶的是把婚姻无望的良家妇女当作寻乐的对象的自我感觉良好的所谓成功男人，才更应该受到道义的谴责。

人生路上,如果能够认清,婚姻生活无非是一个人活着太孤单、寻求另一个人组成互助组而已。那个人如果刚好和自己频率相同,气场相近,又懂得诸方面不断上进,那么太好了,那些历史上的"执子之手,与子偕老"的爱情典范常让我们感动。只是大千世界,时空境遇,不是人人都能在正确的时段遇上正确的人,于是悲剧发生了,不是为爱而婚,为年龄,为父母,为环境,这样的婚姻有的后天能培养出爱,但大多数是培养不出来的。除了义务责任,时间长了,无爱的生活某一天因某人的出现可欣赏,可欢喜,可不顾一切,这是真人。前半生过得波澜不惊,后半生为爱波涛汹涌,人世间有几人能冲破世间的藩篱,走向真我?更多的是向往别人的美丽,希望自己也能吃上羊肉,却不沾羊肉的腥味,理想太丰满,现实很骨感。

我相信这个世界上有很多有英雄情结的大丈夫,他们出则行侠仗义,入则温良恭让;但也不缺狡黠的小人,什么时候都是以自己的利益为先,哪怕在亲人面前。

因此,这个故事里的男主和新女主比骂他的人都真实。陶行知说:"千教万教教人求真,千学万学学做真人。"他告诉我们:"真"比一切都重要。一个"真"字廓清了几千年来中国封建教育中存在的虚假伪善的尘垢,指明了现代教育最重要最本质的属性。教育如此,遵从内心的教育者追求真爱,何错之有?

我知道很多人会说,对原家庭的女主,他们犯下了滔天大罪。没错,确实有罪,但若原家庭爱无缝隙,任谁有多大缩骨术也钻不进去。面对现实,原女主更应该活出自己的精彩,这世上,只要你努力，没有改变不了的现实。人到中年，该受的人间疾苦也受得差不多了，有什么想不开看不开的，缘分已尽，强留无用。不如趁着新生，重新来过，也许接下来大家会有更优势的重新组合、最佳的重新配置。

只要痛不至死，有什么大不了的。勇敢爱，勇敢接受现实，勇敢承受苦痛，然后重新来过。亲爱的，人到中年，谁无悲苦，但幸福一定在自己手中，记得永远提升自己，愉悦自己，加油！

2017 年 9 月 26 日

/ 生活

先做好我们自己

今天再去 417 医院,是因为周末体检还剩下最后一个项目。很快结束了,就在医院门口等 102 公交车,这里是起点站,102 也是唯一的一路公交车。所以车来下一拨,再上一拨,人们蜂拥而至,挤公交车在中国太常见。西安电视台曾经有一个很搞笑的广告场面,一个小孩在一群人中用秦腔说了句:"车来了,把人挤成肉夹馍了。"形象地再现了这样的情景。

我被挤在最后,发现前面一位先生在等着别人先上,轮到了我,他在我前面,理应先上,我等他先上,他迟疑了一会儿,看我没有插队的意思,就上了,我对他产生了几多好感。那个人我到现在不知道长什么样,但是上车前的整体形象:身材高大,胖瘦适中,笔挺的衣饰,最主要的是绅士般的举动,深深地留在了我心里。车到北十字,他下去了,我目送着他的背影,直到看不见为止。我不知道他是谁,也不知道他是干什么的,有着怎样的财富等；但我知道，这样萍水相逢的好感，温暖的不止我一个。一个有修养的人会带给他身边人更多的温暖和感动。如果这样的人再多一些，或者更多一些，这个社会将更和谐。

想起一位文友说他最崇拜鲁迅，鲁迅揭露国民劣根性的社会责任感和担当，让他觉得文人就应该是这样子的。而他正以文人自居，他做好了吃苦受累的准备，他也要做有斗志的文人。说真的，真难得，如今能做到这样的坚守，实在令人钦佩。

不管你是什么职业，文人也好，商人也罢，是个人就得努力去做好自己分内的事。那种"婆说婆有理，公说公有理"的事情，没有必要再去费口舌。

一个邋里邋遢、与人交际一塌糊涂、不顾自己生活质量、整天叫嚣民众素质应该提高的人，境界毋庸置疑，但是总感觉生命里欠缺了一些东西。

我想，财富积累到一定程度，谁都会想着提高精神财富。精神层面的需要也是个体主动需要起来才能更好地带动这个社会的和谐。如同今天所见的儒雅先生带给我的温暖一样。他不一定是文人，他也不一定受过鲁迅先生文章的深刻影响，但是他作为一个普通民众的素质，发自肺腑，身体力行，让人感动。

那种自觉来源于对自我个体生命的经营。得体的服装、恰到好处的身材、清爽的面目，行为举止的高尚，给自己，给别人，给任何看到他，遇到他的人一种美的享受、一种温润的感觉，一种以柔克刚的魅力。这种魅力，不用反面去揭露、疗救，只需要教育者，包括家庭、学校、社会告诉孩子们细心认真，处处留心就足够了。

2010 年 7 月 23 日

/ 生活 /

我的幸福我做主

范伟在电影《求求你,表扬我》里说:"幸福就是我饿了,你有一个包子,你就比我幸福。我想喝牛奶,唯一的一杯在你手上,你就比我幸福!"我总觉得这不是我想要的幸福。

直到读到周国平的人生圆满,才明白真正的幸福是"把生命照看好,把灵魂安顿好"。包括毕淑敏说,所谓幸福,就是灵魂的成就。

现世不安稳,如战争中的阿拉伯国家,民众连安全感都没有,谈何幸福感?又如假冒伪劣充斥市场,我们又怎能获得安全的所需?如政府机关个个都如老爷,办事你不得担心几年?好在今天,后两者都有所改善。

可是,我还是常常不安,不安来自整天担心,担心我家小儿的衣食住行,哪儿又引起他的身心不适了。担心开车时走路的人不遵交规；担心走路时开车的人不够认真；担心迟到，担心事做不好领导骂槐，惶惶不可终日。总想象着某一天小儿体质增强了，想象着某一天人们的交通意识增强了，不乱闯红灯，不堵车；想象着司机们个个都是熟练工，各行其道，礼让行人；然后我时间充裕地去上班……

只是我虽然常常不安，但还是觉得自己幸福满满，先不说小儿的渐渐懂事，父母身体的尚可放心，学生们的踏实奋进，但就我自己的兴趣爱好，已常常让我感觉被幸福包围。每天读到鸡汤文，总是很感念我所关注的公众号的编辑们的辛勤推出，很多与我思维相近理念相通。那种共鸣感让我踏实愉悦。每天或多或少的写作，朋友圈里亲友们的点赞、认可、转发，留言鼓励支持让我充实温馨。每天元气满满，心情开朗地面对家人和学生，那些所遇的嫉妒也显得合情合理了。美好不会只是某一个人的，人人可享有。我的至交告诉我，不理烂事，你就有更多时间打理你的好事。我的朋友都因文字起，因文学兴，和他们为伍，正能量将我包围，幸福就常常眷顾于我。

后来又看到一篇文章说，不论什么时期什么年龄，幸福都与尊严和自由这两个指标脱不开关系。我觉得说得特别圆满。但它同样谈及尊严和阶级有关，这又有新问题产生了，难道处在最底层的人民就无幸福感可言？也不完全适合所有人。如同单身者羡慕围城里的人而围城里很多人又羡慕单身者。角度不同、视野不同，幸福感的来源也不同。

来自各行各业的对幸福的认同更难融合，其他职业羡慕教师的两个假期，羡慕医生给亲人看病的方便……不在其位，难解其味。当教师的人，有几人有幸福感；当医生的人，整天喊忙、累，五行缺觉。这个世界上有几个职业有幸福感？除非那人本就是高人，世事早已看开，如同离婚盛行，却还有人享受彼此欣赏的日子。因此，可能还是人的问题，而非职业分工。一个人总是感觉很幸福，首先来自自己的追求，并为之不懈努力，却又懂得适时满足，正所谓知足常乐。其次来源于家庭的和谐、理解和包容。这种内外的感受如有一个特别的兴趣爱好加持会更加美好，让人产生珍惜当下幸福的念头，从而幸福感爆棚。

　　由此，每个人因为时代不同，年龄不同，很难产生相同的幸福感。芸芸众生，各有各的幸福：一个小孩觉得家里父母关爱他、尊重他，按理说他应该很幸福。可假如父母不和，整天吵架，那种幸福早被忧虑谋杀掉了。一个老人，儿孙们能力强又孝顺，按理说他应该是幸福的，可他老伴不在几年了，他还是觉得孤独。如果老人没有爱好兴趣，更可怕；如果有一个比如读书写作、绘画书法、种花养草随便什么爱好，坚持并有进步，他就会开心，想到现世安稳，儿女孝顺，儿女事业蒸蒸日上，是不是会对着亡人之像满足地说："我们家又有什么进步了，你不用操心，好好安歇。"

　　总之，幸福是什么，很难用一句话说清楚，因为它只是一种个人感觉、个体体验。或许，幸福可以总结为，人生每个阶段所拥有的热爱且有收获、能坚持并易满足的良性循环的一种美好感觉吧？

2018 年 5 月 20 日

拜访贺绪林老师

我是等农高会结束后去的杨凌。去杨凌，是为了拜访心中的偶像贺绪林老师。我想之所以叫老师，而非先生，是因为先生称谓让人有高山仰止的距离感，而老师就亲近了许多。

特别感谢乡党高凤香老师，因了她，我们一下车就到了贺绪林老师家。准备敲门，贺老师已经留了门。进了门，那种网络到现实的差距仅仅几秒钟，就换作了文友间毫无阻隔的畅谈。当然，我是他们的粉丝，但也丝毫感觉不到拘束和被排除在外的尴尬，反而有老友重逢的喜悦，"明明此生初见，却如久别重逢"。我想这应该是文学的功劳，因为共同的爱好，即使初次见面依然毫无违和感。即便贺老师成就那么高，也或许越是站在高处的人，越谦和越随和，所以当同行的黄老师说自己今年小说发表情况的时候，贺老师认真地听着，微笑地附和着，一派长者的风范。

/ 生活 /

青年时期看由贺绪林小说改编的电视剧《关中匪事》，了解到贺绪林是一个坐着轮椅的作家，那种敬佩比知道他是一个能正常行走的人更深刻。所以每每看到贺老师的文章或者图片，我都会关注。贺老师带给我人生的给养让我想到史铁生。喜欢史铁生，不仅仅是因为他文字的流畅，更是因为他面对命运不公的态度。那种积极进取又泰然处之，让我的精神世界常常在贫瘠时有重获营养的力量。"我的职业是生病，副业是写作。"多么幽默又多么让人心疼的句子，和史铁生比起来，我们的那些鸡毛蒜皮的难过与挫折，实在是有些小题大做了。《我与地坛》中那个最有天赋的长跑运动员，有着永远也不能实现理想的沮丧，但他们相互鼓励的"先别去死，再试着活一活看"那句话，让我在人生最艰难的时刻豁然开朗。即使我现在回不到过去那种轻松状态，但从文学所获得的力量却有增无减。即使人生有遗憾，但我明白努力和坚持才是人生的常态，就如同史铁生说"无常本就是生命的一种常态"一样，那些不如意也是常态，所以心态的乐观和积极就在这样的文学熏陶下产生了。

史铁生先生已经作古，成为被仰止的精神领袖，关中大地上的贺绪林先生是仰止后可亲近的老师。史铁生18岁来到陕北，他会写一手好隶书，在自制棋盘的楚河汉界写了一句工整的隶书："河边无青草，不用多嘴驴。"史铁生那时候的主要工作是喂牲口，他本身有先天性的腰椎裂柱病，村里人给他安排了相对轻松的农活。"让铁生喂牛，牛棚四面通风，半夜三更加草是很受罪的，有的老乡偷懒，而铁生从来不会。他们队里的牛养得好，其他队的牛不如它。"谁也不曾想到，他在拦牛时遭遇了一场瓢泼大雨。

· 137 ·

大雨浇透了他，让他发烧感冒，引起腰椎裂柱病发作，才酿成后来终日以轮椅为伴的大患。史铁生在疾病一天天导致瘫痪后，读书、思考、写下那么多优美的、禅意的、能指导我们生活的经典美文和人生哲理。

而年轻的贺绪林从树上掉下来醒来后就瘫痪了，那些个不眠的夜晚，我了解到他是看《钢铁是怎样炼成的》走出来的，并且试着开始写作，慢慢地闯出了属于自己的文学之路。这个中的艰难困苦，如今都化作了贺老师的人生财富和读者的人生动力。我不知道贺老师和史铁生老师之间有没有佳话，这是很值得去讨教的话题。

拜访贺老师的那一天，天气出奇的好。去吃饭的路上，天空万里如洗，我扶着贺老师的轮椅，一路说闲话，在蔚蓝的苍穹下，在秋日和暖的阳光下，在宽阔的大路上，和贺老师边走边聊，阳光普照着我们，我有一种佛在身边的感动，贺老师给我的那种恬静、平和、慈悲、大悟让我想到佛。路过稼教园，高大的后稷雕像，手拿金黄的稻穗，在阳光下更加熠熠生辉。杨凌，因"后稷稼穑而利万民"成为中国著名的农科城。而贺绪林的名字，让杨凌有了文学镇宝之人。文学对人的拯救，和粮食对人的拯救，在今天一样有价值和意义。

贺绪林老师用文学完成了对自己的救赎，更用文学为热爱他文字的人完成了更广阔的救赎。感谢杨凌，不仅因为后稷，也因为贺绪林老师；爱上杨凌，不仅因为后稷，更因为贺老师和高凤香老师、李大唐老师、李俊辉老师们。

2020 年 3 月 15 日

/ 生活 /

停电的好处

很多时候,只要不停电,我们习以为常;一停电,特别是很长时间的停电,大家的怨声载道和心里对电的渴望就会加剧。大冬天,停电所带来的停水停暖一系列生活问题都会显现,大家更是坐卧不宁了。

然而,我竟然发现了停电的巨大好处。

小区停电 26 小时以上,我两天心安理得地从晚 9 点睡到第二天早 6 点,不用操心娃的打卡;不用操心娃睡了后平台编发哪篇文章;不用操心作者发来稿件我没能及时回复。所有的这些问题,都可用"我们小区停电了"来回答。

我忽然想起古人就是这么过的:日出而作,日落而息。日子过得很慢,一生只爱一个人。"开荒南野际,守拙归园田。方宅十余亩,草屋八九间。榆柳荫后檐,桃李罗堂前。"慢慢想事慢慢做事,"悦亲戚之情话,乐琴书以消忧。农人告余以春及,将有事于西畴……""把酒话桑麻"。农事时节勤耕作，农闲时节通书画。一年守四季，一天守四时，遵循时节，遵循时令，四时有序，万物有理，人间有情。爱自然，爱万物，爱自己。每一天不忙碌却内心充盈踏实，因为自己真正做了自己的主人，且自己能做好自己的主人，俯仰对得住天地，浮沉对得住良心，人间对得住爱自己的每一个人。

没有手机怎么活？因为完全的回归是不可能的，就像很多人强调的历史车轮无人能挡。所以还是有手机好，智能可百度，没有微信群的那种手机，不用看工作群里又发什么指示了，不用看文友群又发什么文章了，不用看同学群谁又说什么了，只该干什么时干什么，心里踏实而宁静。所以黑暗降临，我们的身体机能也接近休息状态，晚9点了，我就该入梦乡了。休息好第二天才能重新回来一个精神饱满的"胡汉三"。

然而恰恰是因为每天要编发文章，稍微有用的群我都不敢潇洒地退出；不用说小区物业群了，它关乎我的生存环境和生活质量；更不用说工作群了，那是我立于世的唯一，即便说成"为五斗米折腰"也不为过，我已经匍匐在地了，每天艰难地攀爬，除此之外，我还能怎么样呢？

停电所带来的生活问题，如果回到古代，都不是问题了啊。没有电的古代，灰暗的煤油灯下，如果经济还过得去，干脆吹了灯早早歇息。试想现在年轻人的猝死，一点不比古代长寿。他们活着时是否比古代人幸福，也是一个值得商榷的问题。即便今天的人说他比古代皇帝还潇洒，看过电视用着手机，冬有暖气夏有空调。子非鱼，安知鱼之乐？至少皇帝再忙看的还是书本竹简，而不是加班盯着电脑手机，他大脑司令部所受的创伤总是微乎其微的，他看世界的窗口总是明净的。而今天的我们，手机已然霸占了我们所有可看天下的时间，走路看，睡觉看；上班看，下班看。不是手机不好，是我们没有把手机的功能宣传好，利用好。我们把今天的很多问题归咎于手机，设想手机厂商在销售手机时，就应该设置一些必要的保护人的功能。也许有设置，只是宣传少，大部分还是由着性子看手机，看到几点是几点。

停电带给我的好处是让我思索人生：人生一世，如何接过上一辈的接力棒传给下一辈，才是普通人应该努力完成的人生。父辈已经无从改变，你只能择优继承，而你的孩子是什么样的人，完全取决于你自己。董卿说，你是什么样的人，你的孩子才会成为什么样的人。人类的接力赛跑中，还是当下的你最重要，你决定了你父母过怎样的晚年，你决定了你孩子过怎样的童年或者成长的路线。

我们一边享受着科技所带来的成果，特别是电力的方便，一边思索我们丢失了什么。电加快了我们生活的步伐，停电让我们的生活慢下来，我们整天忙忙碌碌，多么希望日子慢下来，如同每一个冬天，我们都渴望一场雪，一场慢慢悠悠、飘飘洒洒的雪，最好一夜好雪，天亮屋外白茫茫一片，天地银装素裹，如同回到了过去无电的时候。

今天，我们依然享用着无电状态下，中国几千年的优秀传统文化，向外积极进取勇于攀登，无论仕途、科技和财富；向内读书修行，无论修身、养性还是自省自律。只有物质和精神共同进取，才能相得益彰，活出精彩人生。

2019 年 12 月 6 日

家乡

/家乡/

美善临潼，宜居之地

春秋战国之际，礼崩乐坏，百家争鸣。争鸣却有一个共同的理想：重建一个有秩序的社会。荀子的语言最美：让"乐"通过与"礼"相配，从而"化成天下"，实现"天下皆宁，美善相乐"的理想蓝图。而我想说，今日之临潼，就是美善相乐的绝佳之境。

一脉汤泉成就一座骊山

"骊山云树郁苍苍，历尽周秦与汉唐。"可对于一个有着悠久历史的国度来说，又有哪一座山没有经历各朝各代呢？不过，骊山的历是亲历，这种亲历，既得益于她的地缘优势——毗邻古都长安，又得益于她独有的自然资源———一脉从远古时就汩汩喷涌的温泉。当独有的自然资源与绝佳的地缘优势相统一的时候，想不历尽周秦汉唐，对骊山来说，都难了。

的确，"不以古今变质，不以凉暑易操"的43℃特质温泉吸引了很会享受的历代帝王。从周朝始，至开元兴，历代帝王均在此建汤池，修离宫。先是周幽王堆石围成"星辰汤"，再是秦始皇稍微讲究"砌石起宇"建"骊山汤"，汉武帝扩大规模筑"汉离宫"，唐太宗大兴土木营建"汤泉宫"，到唐玄宗"治汤井为池，环山列宫殿，宫周筑罗城"，赐名"华清宫"。"长安回望绣成堆，山顶千门次第开"的锦绣堂皇，一曲永恒浪漫的"长恨"爱情，更是让骊山名扬天下……

地质演变造就了一个秀美的骊山，而秀美的骊山又因了温泉而富含了深厚的文化，这山就既是自然之山，又是人文之山了。

2008年5月，当中国矿业联合会把"中国御温泉之都"称号授予临潼的时候，骊山，又迎来一种远超唐代盛世的上好机缘！

一座骊山成就一座小城

临潼的美，每天吸引着世界各地的人来此游览。所以再用我的语言去描述就显得过于苍白。我只想说说居住在临潼感受到的美。旅游让世人来到临潼。而旅游催生了一个更响亮的名词叫"驴友"。每逢周末假日，人们走到户外，借用现代交通工具远离都市，跋山涉水，亲近自然，放飞心情。这种惬意，我想做过驴友的人体会更深刻。

而临潼,美就美在山就在城边,城就在山下,城和山毫无距离可言。这种亲密无间,让每一个临潼人不用像"驴"般暴走就可以与自然美景随意亲近,他们可以随着自己的心情,任意调配自己的时间,想上山了,就去山里转转,这种得天独厚的洒脱,这种现代文明与自然美景的契合,怕会让全世界的驴友都要羡慕嫉妒恨吧?

骊山的美,不仅在自然美景,更体现在历史的厚重上。因为临潼人每次上山内心都是一次洗礼。这种感觉只有做了临潼人,才能更深刻地体会到。历史赋予这座山太多太多的故事,每上一个台阶,每走几步,都似乎可以感受到周朝的滚滚狼烟,体味唐代的美丽浪漫,听闻兵谏骊山的嗖嗖枪声……

骊山让临潼小城绿意盎然、美丽动人而又温馨厚重。山与城的诗意结合,让每一个临潼人幸福平和,友善文明。

一个故事彰显一城人心

临潼的美,不仅美在山上,美在景中,而且,也美在了阎立本的画布上,美在了李小锋的秦腔里,美在了庞玉芹带领百姓致富的道路上,更美在了每一个普通临潼人的心里。

临潼有一家原本不起眼的小饭馆,这家小饭馆发生了一个小故事,这个小故事使得这家饭馆的饭菜更香,酒水更醇——也使小饭馆后来变成了大饭馆。

一个夏天,临潼的几个书法家、文人在小饭馆吃饭。书法家吃饭自然是离不了酒的，而书法家饮酒，又自然是不醉不归的。饭饱了，酒大了，人舒畅了，钱包却掉了。掉了也不知，昏昏然上车，急匆匆欲走，却被手举钱包的服务员挡住了去路，这才发现他们中有人掉钱包了。钱包失而复得，让书法家、文人们高兴，也为服务员的拾金不昧而感动。尤其让他们感动的是，钱包里装的钱是上万元的大数字，一个每月只有千元工资的小姑娘，面对"巨款"却毫不动心，甚至连犹豫也不犹豫一下，就急急地跑到门外，把鼓鼓的钱包还给书法家，那姑娘的心，是多美啊。被感动的书法家从钱包里掏出几张表示感谢，但漂亮的服务员却笑着，摆着手跑回店里忙去了……

过了几天，书法家精心创作、精心装裱了一幅作品——《香远益清》，给饭馆送去。于是，小饭馆除了保持着日常的饭香、酒香之外，更有了清新的墨香，以一种纯真、纯朴、善良做桥，使饮食与文化融合，让一种美德在举杯投箸间张扬。这饭馆，又怎么能不扩张成一个大饭馆呢？人们再在这里吃饭，吃的或许就不只是一顿饭，更是一种满足，是生活在这个小城里的一种温馨了……

一种和缓注定一城安详

临潼作为历史名城、旅游名城，后工业缺少了些，但这让临潼更适宜居住。去西安，我不敢开车；而在临潼，即便是人最多的菜市场，我依然能轻车驾熟。我想，这也许与临潼得天

/ 家乡 /

独厚的自然、历史、环境有关。因此,当临潼曲江新区一天天有了新貌的时候,晚饭后去那里的人更多了,双向八车道的宽阔马路,不管是散步还是开车都让人觉得视野开阔,心情舒坦。2012年6月26日正式开放的芷阳广场已经让去过的人领略了大秦主题文化的磅礴气势和人与自然的和谐统一。已经改造好的凤凰池和正在改造的以芷阳湖、紫霞湖为核心水系的"三湖"项目更让人对曲江旅游度假区多了份好感和期待。青山旁有了绿水,美景就圆满了。

　　陕西省政府去年开始实施"把渭河治理成大西安的生态景观带"目标,更让我们看到了未来的临潼,不只是山美,人美,更有久久期盼的水美。《道德经》有云:"上善若水,水利万物而不争。处众人之所恶,故几于道。居,善地;心,善渊;与,善仁;言,善信;政,善治;事,善能;动,善时。夫唯不争,故无尤。"这条母亲河终于可以在不久的将来让我们重新欢呼雀跃,渭河将重展她与天、与地、与人的善,作为最靠近她的子女内心能不向善,向美,向上,向一切爱的方向前进吗?

　　居善地,与善人为邻,做善人,官员施善行,荀子笔下的理想蓝图不就在眼前了吗?

2013年5月16日

邮票上的临潼

邮票作为文化的载体和历史的记录，被誉为国家名片。因此，一张小小的邮票，蕴含着丰富的文化信息，也就具有了较高的审美价值和收藏价值。

历史文化名城——临潼，被称为邮票资源大县。像人物邮票里的扁鹊邮票，唐太宗邮票，唐玄宗邮票，四大美女之一的杨贵妃邮票，李白、杜甫、白居易邮票，近代的张学良、杨虎城都登上过国家邮票，而这些人物都绕不过临潼。比如唐太宗邮票，是由中国邮政2002年发行的唐代名画《步辇图》邮票，《步辇图》又名《唐太宗步辇图》。这是一幅肖像性的纪实画作，为唐代官至宰相的雍州万年人阎立本所画。唐代的雍州万年就是现在的陕西临潼。而唐太宗李世民就诞生于此。历史有时候充满了太多值得遐想和引人探究的谜面。

/ 家乡

驰名中外的秦始皇兵马俑，中国邮政早在1983年6月30日就发行过T88M《兵马俑》邮票4枚加一小型张影写版，那时候秦兵马俑刚出土不久，方寸邮票使它走得更远。七年之后，1990年6月20日中国邮政又隆重推出过T.151《秦始皇铜车马》特种邮票一套2枚，分别是御官俑图像和铜马头特写，及另外一枚全景的两乘铜车马的小型张。这两乘精美绝伦、被誉为"青铜之冠"的秦始皇陵铜车马，通过方寸邮票向世人展现其精致魅力，也让世人在凭吊历史、感叹岁月的同时，赞叹2200年前秦人超凡入圣的智慧和高超的创造技艺以及无穷的潜力。中国邮政2012年发行的《里耶秦简》特种邮票，一套两枚，其中第二枚邮票的背景图案选自秦咸阳宫遗址的壁画——《驷马图》，和秦始皇陵铜车马相似，秦咸阳宫现藏《驷马图》壁画，唯不见《史记》里记载的六驾。让后人心生怀疑：秦始皇的座驾真的是六马拉车吗？这只能等待秦始皇陵后续的考古挖掘给出答案了。

人物邮票首先是2000年国家邮政局发行的《古代思想家》邮票，一套6枚，第3枚是老子。这上面的老子形象不知为谁所画，但就目前出土的老君像，只有从唐华清宫朝元阁内出土的老君像最早，又系大唐皇室所造，所以具有非同一般的权威性，被评为国家级文物。这尊汉白玉老君像成为后人瞻仰圣哲老子的最接近真实的雕像，其雕刻手法精妙，造型神态逼真，艺术价值高度完美，被大家认可，希望这尊汉白玉的老君像能登上方寸邮票，让世界一睹老子真容。

如此珍贵的老君像石刻雕像，多亏聪明的道士们把已经在"安史之乱"中毁坏的只留下现在可看到的部分，用泥敷其外，装了木手，泥塑才保留到现在。这里面经历过多少人间风雨只有雕塑知道，它留存于今得感谢信道之人的全力保护以及冥冥之中老子的保佑吧？现在这尊汉白玉老君像珍藏在西安碑林博物馆。

其次是2002年国家邮政局发行的《中国古代科学家（第四组）》邮票中，第一枚就是扁鹊。扁鹊，姓秦，名缓，字越人，尊称扁鹊，号卢医，春秋战国时期渤海郡郑（今河北沧州市任丘市）人。秦越人医术精湛，所以人们就用传说中上古轩辕时代的名医扁鹊的名字来称呼他。按照古人的传说，医生治病救人，走到哪里，就将安康和快乐带到哪里，好比带来喜讯的喜鹊。自从太史公司马迁在《史记》中把秦越人称为扁鹊，从此再无人敢称扁鹊了。

扁鹊在世时名声已传扬天下。他能随着各地的习俗来变化自己的医治范围。可怜一代名医死于非命，人们扼腕叹息以至千年，今天我们在临潼区代王街道（以前属纸李）南陈村看到的扁鹊纪念馆就是后人仰其大医精诚大爱无疆的明证。所以扁鹊荣登国家邮票2002年《中国古代科学家（第四组）》第一枚，也是后人尊重和追怀大医学家扁鹊的明证。

中国邮政在2014年7月15日发行的《水果（一）》特种邮票一套4枚，其中第3枚是"石榴"。令人惊奇的是这套邮票为香味邮票，即什么邮票加什么果香油墨。所以，欣赏这一组邮票即刻能引起我们关于水果的情愫来。当然，早在2011年西安世界园艺博览会开办时，中国邮政就专门发行过一套两枚的纪念邮票，其中一枚就是吉祥物"长安花"，亦即西安市市花——石榴花。

说起石榴，不得不说作为丝绸之路起点的西安，不得不说丝绸之路的开拓者张骞。张骞两次出使西域,揭开了中国与西域各地区和国家联系的新篇章,有力地促进了中西经济文化的交流。是我国对外"开放"的里程碑,华夏大地上的第一粒石榴种,就是张骞第二次出使西域,在公元前115年(汉武帝元鼎二年)3月带回来的。民间相传,汉武帝为表彰"丝绸之路"开辟者博望侯张骞的伟大功绩,在骊山西麓的鹦鹉谷封地四百八十亩,用于种植培育从西域引进的石榴等物种,并建鹦鹉寺供奉从西方请回的佛像。

今天,西安临潼国家旅游休闲度假区在鹦鹉寺旧址上,依托鹦鹉寺遗存、临潼石榴源脉等历史文脉,新建了一座以壮为美、以势为尚的汉文化审美生态园林公园。公园位于临潼国家度假区芷阳三路,北侧被芷阳三路环抱,南侧东临凤凰池东路,建筑面积6500平方米。公园按照"一塬一谷、两房三池"的总体规划,建有凤凰原、鹦鹉谷、兰台、芷阳别馆、兰池、鹦鹉池、扶荔池等景点,形成了凤凰原景区、兰池景区、鹦鹉池景区、扶荔池景区四大景区,浓郁的汉风神韵,壮美的园林景观,成为广大市民休闲的好去处。

这些都归功于临潼石榴。临潼石榴,得天地之宠爱,素以色泽艳丽、果大皮薄、汁多味甜、核软鲜美、籽肥渣少、品质优良等优点而著称,名居全国五大名榴之冠,被列为果中珍品,历来是封建皇帝的贡品,享誉九州,驰名海外。凡来临潼的中外游客,都以能品尝到临潼石榴为一大快事。

石榴,作为古代丝绸之路的硕果,花果并丽,火红可爱。长期以来被中国人民视为吉祥之果,在民间形成了许多与石榴有关的乡风民俗。随着石榴的广泛种植，它不仅是当地群众致富奔小康的"特产"，更是临潼地域文化的象征，这些都是"丝绸之路"留给人们的宝贵财富。

　　石榴在中国，象征多福多寿，长命富贵。又因"石榴多子"，表示人丁兴旺，民族繁荣。所以，民间婚嫁之时，常在新房的案头或其他地方摆上自然开裂的露籽石榴，寓意"榴开百子"，象征祥瑞之意。"榴开百子"作为吉祥图案还出现在陕西各地的剪纸、刺绣和年画等工艺美术作品中。陕西各地剪纸均有涉猎石榴图案。其中临潼石榴剪纸，不仅传承发展了古老的剪纸艺术，更为宣传临潼石榴文化，填补石榴花的剪纸空白，突出地域特色，为临潼的旅游事业和美化人民群众的文化生活诞生、根植、繁衍于临潼这块神奇的沃土之上。笔者曾在2013年受临潼区文化馆之邀，为临潼石榴剪纸申请成为西安市非物质文化遗产名录执过笔。临潼石榴剪纸以《石榴仙子图》《贵子石榴图》《贵妃石榴图》等为其代表作品。当然，以石榴为题材的艺术作品越多，越表现出人们对石榴的热爱，从这一点上说，临潼石榴功不可没，临潼功不可没。

　　临潼作为中国农耕文化的发祥地之一，地处广袤的渭河平原和富饶的八百里秦川腹地，丰富的物质文化造就了浓郁的人文环境，孕育了多姿多彩的民间艺术。更为传奇的是，历史上很多拐点都和这里有关，比如骊山上的"烽火戏诸侯"，比如新丰的"鸿门宴"，比如华清宫的"长生殿"，比如"西安事变"等。

　　所以我希望某一天见证了很多历史的骊山也能登上被称为"国家名片"的方寸邮票。见证了很多历史的华清池，现在每年

/ 家乡 /

4月到10月天气许可的傍晚,《长恨歌》水幕实景剧场场爆满,一票难求。见证了很多历史的临潼风物登上邮票,甚或代表了人文始祖的骊山仁宗庙,都能登上国家邮票。包括今天的中国授时中心,也应该登上国家邮票,毕竟我们今天所用的北京时间是从临潼发出的。让临潼走得更远,走到祖国各地乃至世界人民的心中。让更多的人来到临潼走走、看看、停停,关注和了解更多的临潼人文景观和自然景观,为临潼的全域旅游加油助威、摇旗呐喊,临潼将继续敞开大门、做好服务,欢迎四方宾朋观光旅游。

2018年10月10日

小城临潼

没错,就是那个拥有大秦兵马俑军阵的小城,就是那个"张杨逼蒋"的临潼。"临潼"这两个字,源于小城一东一西的两条小河。现如今只留下了地理名词。河早已淹没于钢筋水泥路面之下,那些小城河边早晚浣洗的女子早已成为历史云烟。因河而命名的小城,如今却不见了河的踪影,这是人类对河犯下的罪行,这样的犯罪前几十年随处可见。

想起盛唐时期的临潼小城,那个准确来说昭应的小城。昭应小城是临潼小城最鼎盛繁华的时期,因为唐玄宗的厚爱,这里形成了"山、宫、城"一体的陪都,唐朝的华清宫大过了今天的临潼小城。关于这个论断,是我在学生时期,听陕师大文学院唐代研究专家杨恩成教授上课时讲的。那个时候,不管是哪个教授讲课,只要关乎临潼,我总是最用心的。冥冥之中,是否注定了我和这座小城一生的亲密关系?

我不得而知，我只知道这座小城如今正以日新月异的速度变化着：眼看着一座座高楼拔地而起，眼看着道路两旁的门面房走马灯似的换着名字，前几天还去洗车了，今天再去已经正在装修便利店；前一个月还觉得那家面包房的面包不错，再去却已换成了"汉中热米皮"的招牌……不是我跟不上时代，而是这世界变化快。快到你如梦惊醒般地发现某个夏天临潼小城遍地盛开的火锅店、串串香，现在走很多路才能找到一家。你才发现，傍晚满路边的烤肉摊子已经是好几年前的事了。

站在骊山烽火台上看临潼小城，小城是不断往北、往东、往西发展的高楼和大路，然而置身其间，小城却显得逼仄，特别是节假日或者上下班高峰时间，路上的拥堵让人有心生翅膀之意。如今的小城也和很多大城市一样拥挤和喧嚣，看着路上的车水马龙，看着路人的行色匆匆，自己也不得不争分夺秒起来。或者更准确地说，车主和行人也包括我一个，生活在这个小城里，每个人都显得那么着急奔忙，或者叫积极努力。

然而我的内心深处，却幻想拥有一间"悠然见南山"的小书屋。很多时候，阳光照在书架上，抚慰着每一个曾经疼痛的文字，也抚慰着每一只选择书籍的秀手。能来选书的手，都是和主人一起穿越过人生烟火的手，如今想静静地陪主人来选几本书，几本抚慰心灵、启迪心智或者打开脑洞的书籍。在书里忘掉喧嚣，忘掉尘世；在书里和古圣先贤对话，和世界级的大师交流，静静地安享书中的美好世界。当然，书屋里肯定是书最多，也供应茶水、音乐和咖啡，还有骊山上吹来的草木之气息，这些也肯定都是免费的，唯有带走的书和字画要收取可维持店面的费用。只是，梦想终归是个梦，做做就好，骗骗自己开心一下就好，梦想之外，我依然是个对生活奴颜婢膝为五斗米折腰的庸俗的小我。

　　我疲于奔命在这个小城的东南一隅，每天"起得比鸡早，睡得比狗晚，干得比驴多"，好在对吃，在当下，吃得好不一定好，往往粗茶淡饭对身体可能更好。劳作是中年的我的常态，休息只是过渡。"有些人光是活着就已经拼尽全力了。"这句话也是在说我。我知道小城的每一条街道、每一个巷道，却几年未驻足过半步。好几年前晚上或者周末和朋友们上山锻炼，有时间就有可能登到老母殿，再走回来，我们从城的最北边出发穿越一个个街道，到达半山腰再下来。那样的日子至少五六年没有过了，骊山依旧苍翠，我却似辜负了它的美意，只能远远地望着，这么些年从未亲近半步，不是不愿意，而是心有余而力不足，劳作占据了我全部的身心。好在我依然一年四季享用它所带来的清新空气，夏季里凉爽的山风和秋季里火红的贡果，这些足够我对这座山、这座城感恩戴德了。

　　更何况，这座小城还有一群如骊山一样自带光芒的人们，他们不尽为人们所知，却因有着共同的理想，每天以书为友，靠文字取暖；以书为镜，用良心做人，用善心做事；以书为尺，丈量着世界，丈量着人心，温暖着自己，悲悯着天下；以书为媒，切磋技艺，抚慰沧桑，相治创伤。外地文友或者游子复归小城，总是会说，想见见写诗的胭脂、芳侠……他们已然成为这个小城的文化符号。很多时候，他们也是临潼小城温暖的符号，或者是我的另一部分亲人。只要他们说：很久没聚了，我们一起坐坐……我的那些辛劳呀、惶恐呀纷纷退让，让快乐走在前面和他们一一拥抱。

2018 年 10 月 3 日

/家乡/

骊山仁宗庙

骊山仁宗庙原名人种庙、人祖庙，从名字就可看出是关于供奉人类祖先的古刹。古刹内供奉的确是伏羲女娲。

1

伏羲和女娲相传是8000多年前，骊山南边的华胥氏族（后也叫华胥国，有关华胥国的传说，在先秦《山海经》《太平御览》《淮南子》《列子》中都有记载）社会，有一位华胥姑娘因在雷泽湖踩了雷神大脚印，13年后生下的一对双胞胎。这个故事在《春秋世谱》记载有："华胥生男名伏羲，生女名女娲。"而《山海经·内东经·郭注》中说："华胥履大迹生伏羲。"雷泽即今天蓝田县洩湖镇。"洩"即泄,听主持多年寺庙的张道长说,当时雷泽的雷神爱干坏事,后来他的雷泽就没水了,变成了今天所称的洩湖。湖水泄掉留下了他的脚印,让他成了人类始祖的父亲。而他也给今天的洩湖镇留下了上雷、下雷这样的村名。

今天的蓝田县洩湖镇,境内古迹还有陈家窝村"蓝田猿人"第一发现地,洩湖新石器时代遗址及战国时期文化层,古蓝田小城遗址等。为这里作为人类祖先发祥地又增添了一重筹码。1964年在此地发现的女性头盖骨化石,即"蓝田猿人",被专家证实是比北京周口店"北京猿人"早几十万年的证据。专家由此推断"蓝田猿人"是亚洲北部最早的直立人,也是中国人和北部亚洲人的祖先。

言归正传,这个怀孕十三年才生下双胞胎的女子被氏族所不容,将被虐杀以示惩戒,她那德高望重的老祖母心疼孙女,设法将母子三人驱赶到北边的骊山上。由此伏羲女娲就生长生活在骊山顶上,即今天的仁宗庙所在地。

然而天有不测风云,某一天,洪水滔天而降,地上的生灵被冲淹殆尽,是否因为老祖母不经意的驱赶,让他们留在了华胥国周边的最高地——骊山顶峰而得以幸存,已不可考证。但历史流传下了后面的故事:这场浩大的洪水劫难之后,人世间就只剩下了兄妹两人。要使人类不灭绝,只有他们两人结婚繁衍传布后代了。但兄妹成婚毕竟是很难为情的事情,于是他们商量决定由天意来安排是否成婚。怎么安排呢?之后就有了抓阄性质的滚石定亲的传说。即两人商议好将两扇石碾的一扇各自从骊山顶上滚下沟去,若天作之合,碾合即结为夫妻;如天不允,碾不合,即不成婚。结果两扇碾滚着滚着就合住了。于是兄妹成婚，生下子子孙孙，从此繁衍了中华民族。兄妹结合总让人类觉得羞耻，传说后世婚俗中新媳妇顶盖头的风俗习惯就是从这来的。又因曾经祈求天意，婚礼中首要"拜天地"，洞房门额常写"天作之合"，自诩天地是他们爱情最有权威的证明。时至今日，那条沟里还能看见两扇像磨子一样的大圆石突兀草木中。

司马迁在《史记·五帝本纪》开卷写道："有文字记载的历史，从华胥氏开始，她是中华民族的始祖母。华胥氏生伏羲、女娲，伏羲、女娲生少典，少典生炎黄二帝。"

后世的人们为了纪念这两位圣功可颂的人文初祖，在九龙头上修了一座规模壮观的"人祖庙"。庙里香火旺盛，四方善男信女和游客，千里迢迢前来祭祖，千秋如故。先秦地方志《三秦记》载："祭拜从何时而始？不可知其始。"在秦代，人祖庙叫"始皇祠"。此时的"始皇"专指伏羲、女娲等上古传说中的人类始祖。史载秦始皇来此祭拜。汉代，此庙被称作"汉露台"。因西汉文帝打算在这里修筑避暑的露台，后来听臣子汇报运石上山稍嫌奢靡，节俭的汉文帝遂停止了修建，但却从此留下了历史美名和珍贵遗迹。汉武帝时重建叫"三皇庙"，即华胥、伏羲、女娲三皇。唐代术士李国桢奉旨曾在碾子沟口修建"大地婆父祠"。元代骆天骧《类编长安志》称"骊山绝顶始皇祠，俗名人祖"。乾隆本《临潼县志》卷八云："骊山东岭离邑二十余里有人祖庙，先传为天皇氏邑。"又云："露台祠即人宗庙。"所以可见元代以后民间口传为"人祖庙"，清朝年间又改为"仁宗庙"，古匾至今犹存。

《康熙字典》里对"仁"的解释就是两个人。今天看来这两个人只能是一男一女，意即华夏民族的祖先是两个人。当然今天理解是两个人面兽身的人，化石在骊山上可见。埃及金字塔旁的人面兽身是否也是祖先的象征，是否是东方自然的人面兽身人类祖先迁徙，有待考证。

后来，"人祖"遗迹毁于一旦，但石碾却依然高卧谷内，成为人们寻宗觅祖的标志；一块巨大的"人种石"屹立于九龙峰头，告示世人，中华民族的源脉就在这里。现在所能看到的建筑是1998年之后由当地老百姓捐资兴建而成的。

据临潼文物局2008年普查，在庙内发现"道光十三年重修人祖庙碑"，还发现有秦汉时期的建筑砖瓦、云纹瓦当，有明清建筑构件驼峰、方形香炉残件等遗物。

郦道元《水经注·渭水注》"冷水"条，"山北有女娲氏谷"。实指冷水旁之"老娲谷"，谷底今日依然可见。

据以上资料推断，仁宗庙始建时间应在春秋战国以前。也就是说，在周朝以前，我们的先人已经开始在此祭祀我们的先祖了。

由此是否可大胆推断，骊山仁宗庙是比甘肃天水人祖庙、河南淮阳人祖庙更早的人祖文化发源地，是否我们的始祖曾经沿黄河上下布施教化天下，有待后人考证。

2

现在我们可以肯定的是，处于关中腹地的临潼，人类伊始就在此繁衍生息，因此历史遗迹处处可寻。单就说临潼城东，每走

/ 家乡 /

几步，就可见从周幽王、褒姒开始的一座座坟茔。比如蔺相如墓，简单的一个大土墩就矗立在临潼东线的 203 县道旁，行至戏河桥北望就清晰可见。过戏河桥就是扁鹊墓，也许都如仁宗庙一样，被辉煌的秦始皇帝陵所淹没了。名声太大的兵马俑、华清池就足够临潼声名远播了。因此随处可见的历史遗迹几乎被遗忘了。

我们坐拥历史，却对其重视不够，当相邻的蓝田开启全域旅游吸引众多游客赚得钵满盆满的时候，临潼只有兵马俑和华清池。一到长假，临潼城市快速干道就变成了从斜口到代王双向六车道的停车场，干道以南的单位社区想北下开车进县城都是问题，更别说城里有急诊要去 417 医院了。一条承载着旅游的道路一到假期就直接隔断了路南与路北。假如临潼也开放全域旅游，那么可以设想在同一个时间点上，有的车可能在渭北工业园，有的车可能在山上的桃花源，有的车可能停在鸿门宴，有的车可能泊在鸣犊泉……游客们转着歇着看看，恐怕干道南北可通达，临潼上下也笑颜。

无论何时何地，我们都不可能忘记祖先，忘了根本。即便仁宗庙长期处在"深闺人未识"，没有风靡全国，走向世界。但她的历史传说、历史遗迹、神话故事从未离开过临潼这片神奇的土地。

以仁宗庙为中心，向四周辐射所形成的众多奇异景观，无不与人类始祖——伏羲女娲相关联。庙里的住持闫道长随手给我们指着这个是"拜天地石"，那个是"神龟石"，这个是"磨盘石"，还带领我们去看"滚石成婚"沟、"伏羲创八卦""女娲补天"处、"女娲抟土造人"之猴娃山……大自然的鬼斧神工如此巧妙地重现了

· 163 ·

当年人类始祖辛苦造人、辛苦创业的场景。让人叹为观止。人类还没有文字记载的时候，除了结绳记事，恐怕只能靠一代一代人口耳相传。这些民间传说也许是历史，也许是古人的信仰和宗教，其中包含某些无法考证的真实史料，当然也掺杂了人类美好的愿望和希冀。总之，这些是无法替代的无比珍贵的人类文化遗产。

除此之外，能证明始祖女娲在骊山生活并有后人朝拜祭祀她的还有骊山西绣岭上的"老母殿"、风王沟的"风王庙""老娲沟""母诞沟"（后转音为"牡丹沟"）等古迹。就连从骊山向东北15公里的临潼零口街办、何寨街办辖区里分别有"母住李村""仁孟村"这样的村名，都和女娲在此居住生活的故事有关。

1972年，在骊山北麓的姜寨遗址，发掘的文物上记载有"三皇传为旧居，娲圣继其出治"的史实。说明华胥、伏羲、女娲在此定居，而女娲在此治理天下，与姜寨遗址母系氏族社会又传承联系不谋而合，让人遐想。

今天，每年农历正月二十，临潼民间家家户户都会制作面饼来纪念女娲炼石补天之大功。从小关于春节过后有一天的记忆也很深刻，那就是到了正月二十，母亲就会"蒸擀馍"来"补天补地"。这一民俗，清临潼《四志》中也有记载。骊山东绣岭石瓮寺上方至今仍有"女娲炼石"的遗迹。从"民以食为天"的传统观念联想，骊山"补天补地"的民俗似乎更接近实际，更富有一层深意。这是对始祖女娲——远古劳动女性战天斗地、主宰自然壮烈勋业的永恒纪念，流传下来的这一习俗至今不衰。

/ 家乡 /

3

每年农历六月十三的骊山老母庙会，当地也称"单子会"，顾名思义要带单子在山上过夜，用虔诚之心来祈求女娲娘娘送子送福。这样的盛会历时五天，届时，各地香客、民众纷至沓来上山朝拜，祭祀这位功德无量的远古尊神，是正其源而志其德也。

几年前，央视"星光大道"因为临潼人而使临潼"五毒马夹"扬名天下。"五毒马夹"即马夹上绣着蝎子、蛇、蛤蟆、蜘蛛、蜈蚣这五种毒物的马夹背心。穿上这种马夹背心寓意以毒攻毒，这五种毒物最大的图案就是蛤蟆，学名蟾蜍，即"蛙"，民间以其谐音"娲"寓意女娲的保佑。

据考证这样的民间绣品就来自民间对女娲的崇拜。20世纪八九十年代，适逢改革开放不久和秦兵马俑展示于世不久的契机，那时候兵马俑的外国游客显得特别多，催生了这种代表临潼当地文化旅游符号的纪念品在兵马俑门口形成了市场，只记得当时像新丰刘寨整个村都在赶制这种对外的手工制品。虎头鞋，我们临潼话叫虎头窝窝（即棉鞋），现如今农村会手工纳鞋的依然会给小孩做，寓意希望孩子们虎头虎脑，用形象逼真的虎头图案驱鬼辟邪，保护孩子没病没灾。只是现在像五毒马夹、虎头鞋等这样的民间绣品早已淡出了人们的视线，以此为经济来源的村子也早已不复存在，原因可能有很多。但当我了解到宁夏、河北有人带动当地劳动力将这一手工制品做大做强，不仅自己成为非物质文化遗产传承人，而且带动当地经济，将这些古老的文化符号远销祖国各地甚至世界各地。可反观我们自己，走着走着市场就没了，可能与我们的观念有很大关系，也符合事物发展的规律，要么更强，要么消亡。令人不免有一番唏嘘。

当然由蛙图腾崇拜延伸的节日礼俗首先是春节的拜年及送灯。正月新春，女儿拜年娘送灯，闺女送娘女娃（娲）包子，娘舅送的长命灯。女娲包子是在骊山脚下各乡镇今天仍保持着的古老风俗，已婚女儿给娘拜年要敬献巨型油角子两个，可大至一斤多重。推本溯源，两瓣夹油，其象征意义实质上是母系氏族时期的女性崇拜物。

现如今，人们为了省时省力、快捷便利，于是，很多地方即便女儿回娘家，也省略了蒸油角包拜年的礼仪，更何况当下的新生代有几人愿意去干这么费时的事。现在，年夜饭预订的火爆，也反映了当下人们的价值取向，省麻烦。好在很多离现代文明久远的乡下，老人们仍保持着这种风俗习惯。譬如我妈，现在虽然只有过年才回老家，但年年不忘蒸大油包子，只要和她一辈的，过年走亲戚，不管别的礼物是什么，油包子绝对要拣大的、品相模样好的带给她的心上人。

送"长命灯"的习俗，是原始社会人类掌握用火技术之后，成年女子从老母火炕引取火种的故事演变而来的。火象征着生命和光明，是前途和幸福的标志。娘舅送灯火是人类文明启蒙期间母女生命与幸福延续的一种表现形式，民间显宗示根的例行礼仪。方式是女儿婚后娘家送灯三年。头年送长命灯，礼节非常讲究；第二、第三年添烛火，现在演变成台灯、手电，以后添灯、电池。女儿生子后娘舅家逐个送灯至十二三岁（虚岁十三四岁）"完灯"。关于"完灯"的年龄，临潼渭河两岸除了新丰地区（包括何寨、零口）都是十四虚岁外，其他包括渭北和代马塬上、临潼城区都是十三虚岁，这中间有怎样的传说，真让人无比遐想啊。

民间传统长命灯一般贴有"长命富贵"四字，以示祝福，同时贴有蛙图腾图案以示保佑。第一年送灯，要带上以蛤蟆（蟾蜍）为首的一组动物面塑：鸡、鱼、小龙（蛇）等，我们新丰当地叫锥巴儿，这些分明也是一组面塑图腾形象。第二年以后渭河北变成十二个团儿（㺚），渭河南是十个锥巴儿，俗称蛤蟆鱼，统名为"茧儿"，包含孕育子孙的意思。团儿喻圆头、有眉有眼、一种形状若人头蛇身蜷盘一起的面塑，因此叫作"团儿"，象征着女娲"人首龙身"。一种是尾眼下有尾鳍，意思有点隐晦。姜寨及半坡彩陶人面鱼身画纹出土后人们才明白，这是蛙图腾崇拜的另一种表现形式。娘舅家蒸"茧儿"时还有一个讲究，眼要大，额要宽，那显然是祝福外甥、外孙聪明伶俐的意思。送灯，中途不能断送。元宵佳节，黑灯瞎火意味着娘家舅绝种，与家庭断绝烟火，后嗣无人，同样是非常可悲的事情。中国的灯节，其本意应在这里。送"长命灯"的习俗，使我们现在过年依然被舅家的灯笼所佑护。"完灯"也成了一种亲朋好友相聚的理由。中国的灯节，源头也在于此。

蛙图腾崇拜延伸的节日礼俗其次是端阳女儿节。从农历五月初一至初五，是娘家给已出嫁女儿送"端阳礼"的日子，俗称"送裹肚儿"，代表物是一件绣有蛤蟆蛙的花裹肚儿。这"端阳礼"以女儿婚后第一年最为隆重，此外，送节只要是面食礼品，依然是面塑的蛤蟆、鸟（鸡）、鱼、小龙等一组锥巴儿形象，先是给女儿送节（追节）。当然现在的女儿节演变为送女儿夏令衣物、凉帽、扇子、竹门帘、凉席等。随着当下物质水平的提高，如今新出嫁的女儿，在第一个端午节，娘家会送电风扇、空调等更具现代感的大件礼物。无论端午给女儿送什么，实际都是蛙图腾保护神的现实实用化。姜寨遗址中考古挖掘的彩陶盆壁上的蛙纹（实为蟾蜍）写实图画，解释证实了女娲氏"继兴于骊"的猜想。可见对蛙图腾的崇敬膜拜早已成为祖辈约定成俗的民间礼仪，辗转流传，以至今日。

女儿节后就是娘舅家给外甥、外孙赐送蛤蟆裹肚儿。依然到了五月初五这天，骊山周围群众除了吃粽子、喝雄黄酒、插蒲艾、割百草、送香包种种风俗之外，还有就是制作蛤蟆墨，蛤蟆墨是民间传统外用保健良药，又叫"紫金锭"。民间有"癞蛤蟆躲端午"的谚语，传说把锭墨塞进蛤蟆嘴里，将它挂在墙壁上，风干后就成了中药，此称蛤蟆墨。人身上出了毒疽，用此墨画一圈，病情就会得到控制。正因为有此风俗，这天的癞蛤蟆特别难捉，人们说它是"神虫"，因为这天它们怕被人捉拿，纷纷躲藏了起来。

可近半个世纪以来，民间几乎全部流传端午节是爱国诗人屈原投江纪念日，这样的李代桃僵之后，人们差不多已经忘了端午节的初意。殊不知楚地纪念屈原，除了农历五月五日投粽搭救屈原之外，还有五月二十三的龙舟打捞浮尸的仪式，两个日子两个事件匹配才算得上屈原纪念日。所以楚地的端午节与源于女娲时代的端午女儿节意义大相径庭，时间相差也不知有几千年。具体时间上北方的女儿节是五月初一至初五，而楚地屈原纪念日却是每年五月初五至二十三，除过起止日相重一天外，其他均无关系。

事实证明，端阳女儿节的核心意义是古老的蛙图腾纪念日。

年复一年的民间纪念活动，如同当时图腾信仰对氏族血系共同体的巩固，在氏族成员中起到了积极的纽带作用一样，现在的骊山女娲风俗未尝不是起着连接亲戚血缘、促进民族团结的重大作用。

再次，来自蛙图腾所延伸的节日礼俗是八月十五拜月风俗。骊山周围，民间至今保存着赏月拜月风俗。每年农历八月初五至十五这一旬时间，女儿要给娘家奉送月饼。八月十五之夜，明月当空，家人团圆，由主妇插香遥祭月神，陈列月饼及时鲜水果石榴、柿子、红枣等。而今天，石榴、火晶柿子和相枣被称为"临潼三宝"。月饼象征月神，护佑全家团圆，鲜果意味着榴多贵子，事（柿）事如意，早（枣）生贵子。祭祀礼仪过后，家长分给全家老小月饼，全家一起啖食，共享天伦之乐。

月神就是女娲、女娲氏族集团的图腾蛤蟆蛙（蟾蜍），这在汉代已有定俗。中国历史学家、人类学家、民俗学家的先辈闻一多、顾颉刚等先生在20世纪三四十年代就有详尽的考证。汉墓出土帛画及画像石刻中无不以蟾蜍象征月亮，同时以金乌（或金鸡）象征太阳。在伏羲被奉为日神的同时，女娲即被奉为月神。因之月宫古人又称"蟾宫""蟾窟"。月之别名则有"蟾"和"玉蟾"之称，于是月光也称"蟾光"。成语"蟾宫折蛙""银蟾光满"都是由古老的蛙图腾崇拜脱胎而来。因此，骊山风俗中的拜月及"送中秋""送八月节"风俗仍是一个女娲图腾崇拜纪念日。

另外，重阳节送糕（高），是一年中的第二个女儿节。从农历九月初一起，娘家要给女儿外孙送糕。糕是米糕，取其谐音有祝步步登高之意。因临潼缺米，遂演变成面塑宝塔，上附蟾蜍、鸟、鱼、小龙等锥巴儿图腾形象。实际还是蛙图腾崇拜的风俗体现。

今天，我们在重阳节这一天还有登高、插茱萸、饮菊花酒的风俗。《临潼县志》载有："重阳上骊山，饮茱萸酒。所亲以枣糕相馈。""重阳有雨，冬有雪，来年豆成。"

蛙图腾在骊山婚俗中的烙印踪迹似乎更为明显。鼓乐声中，新娘子轿前充作护轿符又当作嫁妆望（幌）子的是一对被高高挑起的绣花裹肚儿；另一幅则是绣着大蛤蟆的花裹肚儿，老年人说那是媳妇娃的开路神，犹如宣告"女娲娘娘在此，百神让道"，以保新婚大吉大利。新人拜堂，大礼告成之后，接着是入洞房。新房为什么叫"洞房"？仍然来自女娲风俗。洞房者，蛙蟾居处之洞房穴窟也。而闹洞房还有一种很别致的"审新娘"风俗。新媳妇揭盖头洗脸之后，姨、婶、嫂、姐们照例围着要看新媳妇的花裹肚儿，花裹肚上绣有蛤蟆蛙。地方风俗视戴蛤蟆裹肚为至高无上的护身符。

说起蛤蟆裹肚，必然要提及女娲风俗在人类衣饰方面的体现。民间年画《莲生贵子》《吉庆有余》等传统作品中那个胖娃娃戴的护身裹肚儿给人们留下了深刻的印象。的确，人从母体呱呱坠地，第一件护身服就是裹肚儿。如今特别讲究给婴幼儿戴裹肚，确保不受凉感冒。而孩童时代，过去舅家每年要送裹肚儿。结婚大礼，最后离开人世、归去彼岸，葬俗中还是讲究要给死者戴上裹肚。论其重要，恐怕什么服饰也比不上它。裹肚是女娲氏创造给后裔的第一件服饰，其形状自然也是蛙的肢体展开，一可保护腹部免受风寒，二可遮盖人之羞丑。在人类文明启蒙时期，对促进文明意识的萌发，无疑是起了"天字第一号"的作用。

女娲氏之"娲"，东汉许慎《说文》十二云："古之神圣女，化万物者也。"而"娲"与"娃"通用，故女娲之"娲"可理解为"神圣女"的古用专称名词。"化万物者也",许慎赋予了女娲"世界万物之祖"的意义。从女娲是整个母系氏族社会劳动女性的典型形象这一角度上看,是女娲氏创造了世界,创造了人类及其文明。

蛙图腾后来演变成文字即"蛙"之本字。蛙即小女娃的意思。临潼人对"娃"赋予更为广泛的内容,多包含爱意,是亲昵的称呼。今天依然将孩子统称曰"娃",男孩子叫"娃子娃";女孩子,二十岁内姑娘叫"女子娃"。已婚青年男女称"女婿娃、媳妇娃"。蟾蜍通称"蛤蟆娃"。迁延所及,对小东西都作"娃化":"牛娃、狗娃、羊娃、猪娃"。这些称呼是一种历史悠久的古老文明的雅致称呼,不用说它们都包含着对始祖女娲的纪念。

4

人祖庙西北坡有风王沟。《路史》记:"伏羲氏风姓也。"可见,风王沟纪念的依然是女娲、伏羲二王。往西不远,以石瓮寺瀑布为界,沟西为西绣岭,沟东为东绣岭,在红楼绿阁右上方有鸡娃石,引吭直立。这蛤蟆石、鸡娃石、蟒石、鱼石,尽管有的已毁,有的湮没无闻,但它们作为女娲时代的历史遗迹,作为一个时代的图腾群像屹立世间,意义非凡。前述骊山民俗中的春节坠灯礼、端阳礼、重阳礼中的面塑图腾蛤蟆像与其不谋而合。

所有这些保留在骊山民间的古老风俗,应当说,都是女娲氏时代对中华民族古老文化的强烈影响。郭沫若生前曾认为半坡陶文是"具有文字性质的符号,是汉文字的渊源,骊山姜寨出土了比半坡更多的陶文符号，并在周围遗址流传通用。从这一角度讲，说骊山是中华民族文化发祥地之一，是女娲氏时代的一个遗址，总不为过分吧"。

骊山仁宗庙张道长说起从师傅处传下来的一副对联，成功定位了骊山仁宗庙的渊源和地位：圣帝原居三河口，明神压定九龙头。三河指渭河、灞河和尤河，和骊山组成一个"口"字，将半坡遗址和姜寨遗址成功收在其中；九龙是源于仁宗庙附近往山下的九条沟壑，其中较大的沟就包括戏河、临河、五里河、沙河，如今即便大的沟壑也常年无水。可见历史的长河中，气候的变化影响着每一个角落。所有这些鬼斧神工、历史记载和历史遗存都指向了一个铁的事实——骊山仁宗庙：华夏源脉，人类始祖。

2008年，第四届中国西部文化产业博览会上贾平凹作了《西安市临潼区人祖庙文化创意项目》的讲话："女娲精神可概括为'创造、包容、和合'，把女娲身上所体现的博大宽厚的包容精神、生生不息的生命精神、自然和谐的和合精神进一步发扬光大，构建骊山女娲人类文化遗产保护体系，逐步塑造'北有桥山人文初祖轩辕，南有骊山人类始祖女娲'的品牌，从而推动'西安东部大文化圈'的形成。目前，追溯华夏源脉，弘扬女娲文化，缅怀始祖遗风，凝聚民族精神，具有十分重要的社会现实意义。"可是，这么些年过去了，除了红于网络的最美盘山路外，骊山仁宗庙的开发与宣传依然任重而道远。

2014年11月11日

/家乡/

"临潼小学"的门匾故事

地处文化路的临潼小学门楣上有四个大字"临潼小学",每次经过这里看到这四个大字都会想起一段佳话。

这个佳话是著名书法家、朗诵家、临潼铁路职院的戚昌宪老师告诉我的。他说,临中从现在的临小原址迁往新址时,原临中校长为新校寻求榜书,用今天可以忽略不计的润笔费,求得"临潼中学"和"临潼小学"的书法体式。这个书法家叫吴三大,是戚老师引领校长去求的字。

吴三大,这个名字,在陕西,乃至中国书法界,都是泰山北斗式的人物。去年,85岁的吴三大走完了他颇为传奇的一生,网络上铺天盖地的悼念文章及图片信息可让我们窥见一斑:"让我们惋惜三秦大地上,又少了一个英雄,一个书画艺术上的旗帜英雄。"陕西作家、书画家李功名如是说。他的另一个弟子卫双良说：无情的病魔夺走了他的生命！一杆陕西书法的旗帜偃息了，一个陕西书法的"吴三大时代"休止了！这是陕西书法艺术界乃至中国书法艺术界一个重大损失！一时间噩耗传遍三秦大地，传至中国书坛，不计其数的人们相互致讯，痛心哀悼。

一个人死后还被这么多人惦记挂念，说明这个人对现实的人做了很多好事，这个人令活着的人骄傲自豪，甚至敬仰膜拜。所以他的离去就被世人惋惜，让世人痛心，由此所生发的悼念文章既感动自己又感动读者，一传十，十传百。

其实，普通人常常因为知道，或者接近大师而骄傲自豪。就比如当我知道我很多年来竟然几乎天天和吴三大的书法作品照面，它看着我一步步走进校门，看着我的车慢慢驶入学校，这一天天地累积，我们应该也是老朋友了，只是我愚钝于这么质朴伟大的书法，竟不知它出自吴三大之手，否则，我也应该在它因某些原因被拆除前，和它有个合影，以表达我对大师的敬意。感激大师的为民书写，使高雅的书法艺术不只绽放在高规格的公众场合如西安火车站、咸阳国际机场、黄帝陵等，更让我们在日常生活中就能感受到他遒劲有力、气势磅礴的墨迹，震撼人心的榜书艺术，当然也印证了他"长安牌匾王"的美称，以及他有求必应的古道热肠。

我们常常因为工作生活的繁重与重复而忘却了关注美，更忘记了解美的更深层次原因、追溯美的来源、关注美的缔造者。假如我们还能在庸常的生活之余发现美、追求美、创造美，也许我们的生命会更快乐一点、更平静一点、更有质感一点，也进而更有质量一点。

发现美，感受美，受到美的熏陶，有兴趣坚持创造美，为更多的人创造发现美、感受美的机会，我们的生活或许有一天就柳暗花明了，那些艰难和困苦，也显得有意义了。我们生命的宽度也因此变得辽阔。

2019 年 10 月 18 日

桃苑北路

在临潼,有一条不起眼的路,不起眼得让我叫不出它的名字,我只能依着自己的习惯和它的方位叫它桃苑北路了。

这条路是我上下班的必经之路。自 2010 年秋天起,我在这条路上走了八年,在人生的长河中,八年只是短短的一瞬,但就是这短短的八年时间,这条小路却让我将恐惧、孤独、无助、欣喜、欣慰、柳暗花明、不由得边走边唱的情感体验齐齐地经历了一遍。

搬家后选择桃苑北路上下班是最便捷的了,可那时的桃苑北路是怎样的一条路呀?路的两边,一侧是一家小区的围墙,一侧是另一家小区的围墙,围墙把人行道圈了进去,人和车只能共用着一条大路。白天在这条路上行走,得时刻防范着呼啸而过的车辆,得时刻提防着身后会不会出现一个跑偏了方向却要把油门当刹车踩的司机……晚上在这条路上行走,人与车少了,但没有路灯的道路黑灯瞎火，人又不由得操心，哪一株树后，或是哪一堵墙的缺口，会不会突然冒出一个或几个歹徒？偶然而过的车子，会不会突然停住，然后从车上跳下几个恶汉？而车灯又总是让某一个人或一棵树的影子拉长、变短，那怪异而又不断变化的黑影让胆小的我一下子就忘光了少年时学过的唯物主义。一只兔子、小猫或者一只流浪的狗也会蓦然从某处窜出……尽管此路不长，但一个女同志，常常独身一人于夜间从这条路上回家时，孤独、恐惧、无助的感觉也便常常浸淫我心了。

晚自习辅导结束，下班回家，自行车没丢时，一路下坡，很快就到家了。也还能稍慰忐忑的心。后来有一天放在楼道的自行车丢了，下晚自习辅导后我只能坐出租车回家，觉得很不是个事，一是感觉奢侈，二是那个时候出租车也少，有时候拦不到。再后来晚自习放学，我和暂住同一小区的学生一起回家，虽然也是个女同学，但两个人一路说说笑笑，也不觉得害怕，也不觉得路长。只是这样的好日子不长，学生就搬到学校附近去住了。晚自习又剩我一个人孤独地走在放学路上了。

2011年冬天，家人也担心我的安危，考虑到自行车和摩托车放在楼下都可能会丢，就买了现在的车子。我每天开着车上下学，"车门一关，一路平安。"每天开车上下班走在这条路上，感受着春天路两旁的槐树又绿了，夏天桃苑北区靠路边高层的凉意，秋天槐叶又落的诗意，冬天下雪的小心翼翼。

忽然有一天山水秦唐拆了它的南围墙，忽然某一天北桃园拆了它的北围墙，路显得更宽阔了。忽然某一天路两边的门面房陆续开业了，人也渐渐多了；忽然某一天晚上路灯亮了；忽然有一天我发现路中间的隔离栏装上了……原来几近无人的桃苑北路忽然有一天热闹得我几乎认不出来了。

认不出来的感觉发生在今年的暮春时节，一天晚自习放学我没开车，和现住在桃苑北区的同事一起走路回家。才深刻地感受到路两旁商户门口的灯火通明，这一两年兴起的串串一家挨一家，吃串串的人坐满了一家又一家，摆在门外的炉子，人声鼎沸，热闹非凡，车水马龙。小车不仅占满了人行道上的车位，而且两边靠绿化带的主道，一条车道也成了停车场。车道变成停车场，剩下的唯一车道也就很容易变堵，也是我选择不开车上下班的原因。

和同事分开后，一个人走在回家的路上，思考着这条路的前世今生。以前的田地，如今高楼林立的原因，最直接的首先是路两边的小区成熟起来了，入住率的提高，必然带来路上的人气。其次是地处这条路的最西头200米的地方，是以前的农村小学陈沟小学，如今华丽转身为教育局直属实验小学，又给周围小区带来了人气。某一天发现拆了围墙的区办公大楼开始对外办公了。哪一年搬过来的博仁医院现在东边的闲置一楼也变急诊室了，海升国际9号十字市场繁荣到被人们称为"临潼小香港"……一切都如春笋般悄悄拔节，直到有一天长得高大无比，我才发现了这条路的今生如此辉煌。不管它前世多么偏僻，渺小，名不见经传，都改变不了它现今的繁华与耀眼。

我似乎看到了中华复兴之路的缩影，依稀感觉我们似乎已经走在了康庄大道上，一路欢歌。

2017年11月17日

/ 家乡 /

穆寨的扶贫

　　接到泉志老师的邀请，下午一下班，我们就直奔穆寨村。作为《穆柯寨情歌》作者、临潼区穆寨乡姚坡村驻村第一书记，他已经在穆柯寨小镇等候我们多时，简单的聚餐加参观小镇，用时不多，我们却已沉醉其中。沉醉在绿色起伏的海洋里，沉醉在落日晚霞的余晖里，沉醉在大自然的天然氧吧里，沉醉在满山飘浮的洋槐花香里。我忘记了我们来自哪里。

　　当我们进到姚坡一人家，惊讶于屋内的陈设，和城里零差距。只是屋后干净整洁的鸡舍让我们清醒过来，明白我们此时正在泉志老师帮扶的贫困户家里。这户人家隔壁空余的地方，帮扶干部帮忙买了小鸡给贫困户，并帮这家人建好鸡舍，解决了他们的后顾之忧。只有这样的帮扶才是"授人以渔"的帮扶，是"扶上马再送一程"的小康路上的挥手再见。

泉志老师所带领的帮扶干部队伍用实际行动证明着，他们始终如一践行着习总书记新时代中国特色社会主义思想和脱贫攻坚扶贫工作的总要求，坚持用心用情用爱倾力帮扶的铁军精神，把扶贫和扶志扶智相结合，充分激发贫困户的内生动力。贫困户姚志文以玉米麦麸青草喂养的土鸡，鸡蛋每市斤七块很抢手。我们到的时候，刚被上门的人全部买走。

泉志老师将我们带到了一大片常夏石竹花海里。花美人更美，人美在心情。大家驻足照相，奔跑，唱歌。时间过得真快，我们还沉浸在这天蓝山绿花红的苍穹之中，天却暗了下来。这次是真的要带着遗憾下山了。好在泉志老师和志强已经初步确定了五月底的姚坡艺术节，花海人海，初夏忙夏。更美的活动就在前面。

五一小长假即将来临，如果不能远足，就近的骊山，就近的尚处于原生态的骊山东麓穆柯寨，美景在线，只等你来。

2018 年 4 月 17 日

临潼石榴剪纸

剪纸是中国最古老最普及的民间传统手工技艺，其历史可追溯到6世纪。剪纸起源于古人祭祖祈神的活动。剪纸因其材料易得、成本低廉、效果立见、适应面广而在民间受到普遍欢迎。

在临潼，尤以"石榴剪纸之家"这一民间群众组织最为活跃。

石榴，作为古代丝绸之路的硕果，长期以来被中国人民视为吉祥之果，在民间形成了许多与石榴有关的乡风民俗。

临潼石榴剪纸，不仅传承发展了古老的剪纸艺术，更为宣传临潼石榴文化，填补石榴花的剪纸空白，突出地域特色做出了贡献。

2007年，魏彩娥被认定为临潼区剪纸第三代传承人。

出生于1938年的魏老师自幼在祖母的影响下，对剪纸产生了浓厚的兴趣。那种凝聚着普通劳动人民智慧的剪纸，表现的是祖母对生活细致入微的观察和理解。比如每逢秋雨连绵，最后几近颗粒无收之时，人们都盼望着天晴。祖母就会拿起剪刀剪个大头娃娃，并念念有词地说："大头娃娃拿簸箕，快把乌云扫过去。"或者剪个"扫天婆"祈祷她能把天扫晴。祖母直接用自己剪出来的图样给魏老师讲解"王祥卧冰""状元祭塔"的故事。所以祖母魏程氏（1878—1963）也成为临潼石榴剪纸传承谱系中第一代传人。祖母用造型优美、细致逼真的剪纸为魏老师的童年埋下了美丽的种子，并陪伴她一路成长。

魏彩娥母亲孙芳兰（1911—1999）女士也是一位剪纸好手，闲时母女"共剪西窗花"。魏老师又从母亲那里学到很多剪纸技法。孙芳兰是第二代传人。

1985年，魏彩娥老师参加陕西妇联会议，巧遇户县农民画家李凤兰。两人一见如故，共同切磋，相互学习。更加激起她不断突破自我，带动当时的单位——临潼妇联一班人学习剪纸。也使剪纸在当时的工作中起到了锦上添花的作用。被上级称为"巧妇联"。

1986年，魏彩娥把自己的剪纸作品赠送给来陕会见妇女代表的邓颖超同志，受到邓大姐的热情鼓励和充分肯定。

1988年，魏彩娥参加全国第六次妇女代表大会，代表陕西团向大会赠送剪纸30多幅。同时，她的剪纸作品作为封底画刊登在《妇女工作》杂志上。

1991年，由于"双学双比"工作的需要，魏彩娥和她的妇联又学会了丝网印花、麦秆画、棉花画等实用技术。在当时帮助妇女致富中发挥了极大的作用。临潼县妇联在当年被评为"双学双比"先进单位。

1996年起，退休后的魏彩娥在华乐学校担任剪纸老师六年，先后为400多名学生传授剪纸艺术。在教授剪纸艺术的过程中，魏彩娥边教边学边摸索。她创造的"平面四层剪纸法"和"五角折叠剪纸法"因方法奇特、简单易学而深受学生欢迎。

2007年始，魏彩娥义务创办临潼石榴剪纸学习班两年。培训剪纸学员190多人。免费发放剪纸图样20000余份，为临潼培养了大批剪纸新秀和爱好者。

同年，她还组建了临潼石榴剪纸之家。临潼石榴之家定期举办剪纸活动，让广大剪纸爱好者有了一个共同交流学习的平台。魏彩娥也通过剪纸之家发现和培养了许多剪纸能手。剪纸之家还编写了《百名巧手剪出临潼石榴红》《石榴剪纸代代传》《临潼石榴剪纸》等剪纸资料，极大地丰富了临潼石榴剪纸的内容。

魏彩娥的石榴剪纸之家不仅为剪纸技艺的发展培养人才，更为临潼石榴剪纸走出无资金、无图样、无场地的"三无"困境而不断努力寻找身边的活雷锋。魏彩娥常挂在嘴边的一句话是："不为出名不为钱，只为剪纸不失传。"

在魏彩娥老师的努力下，临潼石榴剪纸之家学员在2011年西安市首届传统剪纸大赛中有三人分获一、二等奖。魏彩娥个人在2012年获得西安市"十佳巾帼志愿者"荣誉称号，在2012年获得陕西省妇联"三秦文化优秀女性"提名奖。

魏彩娥的临潼石榴剪纸用纸以大红色为主，其中包括一般红纸、有光红纸、红宣纸和需要的彩色纸。石榴剪纸代表作有三八石榴图、石榴仙子图、贵子石榴图、贵妃石榴图、骊山女娲图等。

所有作品既练技法又突出石榴这一地域特产，充满了时代气息和地理区位优势。

魏老师以一己之力，推动了临潼石榴剪纸技术的发展，留下了属于她的时代的石榴剪纸艺术作品，可歌可咏。

2013 年 5 月 8 日

寒露时节的临潼石榴和火晶柿子

寒露节气是深秋的开始,气候由热转寒,天气越来越冷,万物随寒气逐渐萧落,也是热与冷交替的季节。自然界中,阴阳之气也开始转变,阳气渐退,阴气渐生,人体生理活动也要适应自然界的变化,以确保体内的生理(阴阳)平衡。

中医在四季养生中强调"春夏养阳,秋冬养阴"。因此,秋季时节必须注意保养体内之阳气。当气候变冷时,正是人体阳气收敛、阴精潜藏于内之时,故应以保养阴精为主。

自古秋为金秋,肺在五行中属金,故肺气与金秋之气相应,"金秋之时,燥气当令。"此时燥邪之气易侵犯人体而耗伤肺之阴精,如果调养不当,人体会出现咽干鼻燥、皮肤干燥、大便秘结等一系列秋燥症状。所以暮秋时节的饮食调养以养阴防燥、润肺益胃为宜。

寒露时节养生跟秋分时节已经不一样了，秋分预防"热燥"，随着天气转寒，寒露养生最主要的是预防"凉燥"，从养阴防燥、润肺益胃方面入手：比如饮食上宜多吃坚果蔬菜如芝麻、核桃、银耳、萝卜、番茄、莲藕、百合以及豆类、菌类、海带、紫菜等，所有热粥类都有滋阴润燥、益胃生津的作用。养阴防燥、润肺益脾胃最佳的时令水果在北方是石榴。石榴味甘酸涩，性温入胃经，具有滋胃阴，清胃热，促进营卫之气生成，改善大脑功能等作用。石榴还入肺、肾、大肠经，具有生津止渴，收敛固涩，止泻止血的功效；主治津亏口燥咽干、烦渴、久泻久痢等症。

这么说来，西医简单从营养价值比如维生素含量超过苹果、梨子的说法都可以一笔带过了。

临潼石榴是张骞第二次出使西域从安石国带回来石榴种子、汉武帝命人广种骊山温泉宫而闻名的。所以可以说，中国石榴的根在临潼，临潼石榴是中国石榴的发源地，是中国石榴文化的发源地，临潼石榴属于中国国家地理标志产品。

上海邮政发行的"舌尖上的二十四节气"系列片，寒露节气对应的就是几颗大石榴，传统文化的物质效应和精神效应无处不在，特别是在我们熟视无睹时，他人的别出心裁更戳中了我们敏感的心。

临潼石榴除骊山周边农民辛苦种植和辛苦销售，由石榴衍生的传统文化象征在当地民间传承外，几乎看不到由临潼石榴衍生出的走向省外国外的东西。剪纸有，但还是没有形成它的产业链和销售链；石榴酒有，十多年过去了，丹若尔的品牌开拓的市场也仅限于当地和周边。不由得联想起骊山往北十几华里的新丰桑葚，除了农民的辛苦采摘售卖外，能不能让它发挥最大价值，开发出桑葚酒或者桑葚果汁，在田间地头开办加工厂？可能实施起来难度太大了，所以我们的劳动成本太高了。而我们，好像能做的就是多买些石榴，让石榴种植户少一天风吹雨淋。因为每到几近冬天的寒风从骊山吹下来，小区外石榴摊上的摊主依然守护着石榴摊，双手插袖取暖等待买主的情形让人心疼。如果有收购的加工厂，他们就可以在厂房里忙碌，至少可以遮风挡雨。

2019年热播剧《长安十二时辰》着实让临潼火晶柿子火了一把。甚至使得各地不同品牌的柿子在网上标注临潼火晶柿子售卖，也跟着火了起来。殊不知临潼火晶柿子依然是临潼所独有，同样作为实施中国国家地理标志产品保护的火晶柿子，一到金秋十月，满（骊）山遍野的田间地头，只要给它一个生存空间，它的蓬勃就会出现在视野里。过去作为大家果腹的应季水果，早早就被人钩摘回家了，放着慢慢熟，慢慢吃。改革开放，物质生活充裕后，柿子树都成了景观树了，一到深秋，叶落果出，到了冬天，满树红彤彤的柿子最后是被鸟儿啄食后果酱自由落满树下。火晶柿子不易保存，没有经济效益，这使得冬天的骊山，一片冰雪世界里总有很多红柿子高高挂在枝头，那是被人们遗忘的美食。

口感甜软绵密的火晶柿子，不只是舌尖的美味，俗语有云"一个柿子十服药"。可见历来人们对柿子食疗价值的认可。作为骊山土特产的火晶柿子，味甘、性寒，有清热、润肠、生津、止渴、祛痰、镇咳等作用。可治疗慢性支气管炎、高血压、动脉硬化、痔疮出血、大便秘结等症。此时吃柿子，最好不过了。

作为时令水果，不想办法发展延伸它的价值，对于临潼本身就是一大损失。虽然说我们还是能吃到火晶柿子饼，除此之外呢？还有没有更大的发展空间，以填补它该有的市场。柿子醋也有人在做，规模和市场呢？比起大王醋和岐山醋，火晶柿子醋还是没有打开市场和销路，只是体现在民间的传承上。妈妈们从老一辈那里学到的火晶柿子醋酿造手法，可能随着这一代人的老去也在濒临失传。

得亏临潼有华清池、兵马俑，也可能因为有了AAAAA级的华清池、兵马俑景区，我们显得浮华多了，浮华体现在人均收入落后于西安的其他区县。工业的薄弱、农业的薄弱，临潼人民靠什么实现小康？我们平时的空巢村就是答案。不是所有时候都可以像候鸟那样想去东南挣钱就去东南挣钱，过年再回来花钱。我们这些出去的孩子，眼界为什么只在打工挣钱上，可能根源还在我们自己本土的家庭教育上。有出去回来创业带动周边的乡亲们致富的，但还是太少了。

吃石榴，吃火晶柿子，吃的是家乡特产。只是希望更多的有识之士，能为家乡想出更多有利于家乡特产发展的新路子。

2020 年 10 月 8 日

/家乡/

古地新丰

古地,名叫鸿门。因为这里的峭原被骊山流下来的雨水冲刷,北端出口处状如门道,形似鸿沟而得名。《水经注》云:"新丰县故城东三里有阪,长二里余,堑原通道,南北洞开,有同门状,谓之鸿门。"这里提到的阪即鸿门坡。鸿门坡夹在一条狭窄的沟道之内,宽仅一辙,是过去上塬的必经之道。

鸿门地势险要,因一场宴会而名闻天下。"鸿门宴"后,刘邦建都长安,其父思归,刘邦就在鸿门北仿照丰邑筑城,并把丰邑的百姓迁来,从此,这里就是新丰邑了。"鸡犬识新丰",使这个地方再次名闻天下。

渭河南岸从骊山发源而下的戏河、玉川河、沙河环绕着新丰。俗语言:"名酒之地必有佳泉。"穿越新丰镇的河道地下水就是一种优质矿泉水,骊山枕金蹬银,茂林修竹,苍松翠柏,自古就是游览、休养胜地。骊山之水经沙石岩层过滤净化后，清澈如镜，含有微量矿物质，软硬适中，特别适于饮用，也极适于酿酒。新丰的地下水水质很好，在今天依然被称为甜水，成为临潼半个城区的自来水水源地。汉初那些酿酒匠在丰邑酿酒时，就能用普通米谷酿出甜美的美酒；现在在新丰，用关中的精粮加新丰的甘泉水酿酒，那味道更加香醇甘美，加上又沾染着皇家风气，号称御酒，在当时很快名扬天下。

"试酌新丰酒，遥劝阳台人。"一直到唐代，唐人洒脱豪放，嗜酒如命，新丰白醪酒依然作为"贡酒"被推崇，因此唐人赞美新丰白醪酒的诗甚多。"新丰美酒斗十千，咸阳游侠多少年。""忽过新丰市，还归细柳营。"唐诗展现的是汉新丰县，汉新丰县一改秦骊邑治所（今陕西省西安市灞桥区灞桥街道旧刘家村一带）到新丰县故城治所。新丰故城在今天西安市临潼区新丰街道刘寨村南至苗坡、北至严上村的区域。这里曾经秦汉瓦砾遍地，出土云纹瓦当、五角形陶水道、铁工具、新丰宫铜鼎、陶文瓦片等文物。

《汉书·地理志》载："高祖七年置至唐玄宗天宝七载省新丰，更会昌县及山曰昭应。"新丰县前后共计沿用948年。

旧唐书载："则天时，新丰县东南露台乡，因风雨震雷，有山踊出，高二百尺，有池周回三顷，池中有龙凤之形，米麦之异。则天以为休祯，叫'庆山'。"武则天改新丰县为庆山县，并下旨将此地初建于隋开皇年间的"灵严寺"改名为"庆山寺"，按皇家寺院的模式重建庆山寺，建地宫、阿育王塔，打造专门珍藏佛祖舍利的金棺银椁，安放释迦牟尼真身舍利。地宫之上修建舍利宝塔。那个时候，庆山寺终日香烟袅袅，磬钹、木鱼声震九天，旌旗飘扬，山上山下一派热闹景象，以后在佛界就形成了"东庆山，西法门"之说。

唐武宗会昌五年（845）颁布"灭佛"法令，恢宏的皇家寺院庆山寺遂遭毁灭。

1985年，临潼县属新丰砖瓦厂工人在代王姜原村北取土制砖时，从距地表6米深处，发现一座砖砌券室，出土《上方舍利塔记》碑、线雕石门、三彩护法狮子、释迦如来舍利宝帐等文物共129件，珍贵文物115件。其中，金棺银椁做工之精湛，在各地出土的金棺银椁中属顶尖之作。而三彩南瓜、三彩盘和人面胡纹瓶也都是极为独特的文物。这些国宝级文物现存于临潼区博物馆。

随着新丰县并入会昌县，新丰在行政上遂降为镇至今。新丰地理优势明显，历来为兵家相争之地。发生于新丰境内有史书记载的战事达十余次。春秋战国时期，诸侯伐秦蕞、周章伐秦于戏（戏即今天的新丰街道坡张村，戏河流域在新丰地界）。当然最有名的是项羽刘邦的鸿门之宴。后来有李松、邓叶讨王莽。东汉时期的更始帝刘玄逃奔新丰、郭汜挟汉献帝于新丰。西晋时期的王模讨支胡五斗叟于新丰、王秃攻刘粲于新丰、索继破赵染于新丰。东晋时期的秦苻坚擒张先于阴盘（阴盘即今天新丰街道李家坡）。秦王苻登约新丰千户。北魏时期的萧宝寅杀郦道元于阴盘……

一个地方暗藏了一个民族的玄机。封建王朝走向没落，新丰遂淡出了历史的视野，埋没在苦难的尘烟里，但是它依然见证了宋元明清的历史变迁，沧海桑田。

比如北宋末年，金人南下占领了中原很多地方，许多新丰人于是南迁至浙江嘉兴，在此经商为生，渐成气候，新的作坊被称为新坊，后又慢慢称呼成家乡名称新丰。成为今天嘉兴市南湖区新丰镇名称的由来。

因为战争和灾害所造成的迁徙，历史上从未断过。但临潼新丰这个地理名词却永远留存了下来。

中华人民共和国成立后，新丰镇作为全国十大卫星城镇之一，依然发挥和体现着它的重要作用。那时，渭河南岸修堤坝，老百姓流传："保新丰不保雨金。"新丰也几经变化，从管区到公社到镇再到今天的新丰街道。

经历过中华人民共和国成立的老人们依然记得：新丰老街东头，西门对着老街，城门洞为青砖砌成，城门楼高大雄伟，为全木结构，雕工精美，门洞上方有一匾额，刻有"三辅刘邦"，内容反映的是萧何、韩信、张良三人辅佐刘邦登基之事。古城墙为黄土筑成，墙体高约10米，宽约2米，墙上四周均有等距离防御城垛。城池东西长而南北较短。高级社时，群众将城墙拆除，墙土作为肥料施于农田。今仅西门处一段城墙尚存。新丰老街西头有华佗庙，庙内供奉华佗塑像。中华人民共和国成立前名气很大，香火旺盛，常有四面八方善男信女到此进香祭奠。后来破除迷信时此庙被拆除，改建为新丰粮站。如今连新丰粮站也成为历史遗迹了，老街更老，空留下过去的记忆，大量的工厂商贸因为国道南迁而南移。新丰作为西安东大门最活跃的城镇，吸引了众多大中企业来此投资建厂，所以很多年财政单列，一直是临潼乡镇经济的排头兵。

新丰地理的优势更体现在交通上，以新丰编组站最具代表性。新丰编组站连接陇海线、包西线、西南线、西康线、侯西线、北环线等六条铁路运输线,是中国铁路规划的路网性编组站,也是中国西北货物运输的"神经中枢"。新丰镇编组站目前是亚洲最大的铁路编组站。

拥有着这样四通八达的交通,古地新丰正焕发出2000年前繁荣兴盛的样子。

2022年1月18日

烛光

/烛光/

高中语文第一课

首先恭贺我们的人生又进入了一个新的征程。从今天起,我们的身份就是高中生了。无论你此时的心情是懊悔还是激动,都应该把眼光和精力放在新的起跑线上,因为中考只代表了你初中的努力和修为,而高考是什么结果,从今天开始,我们一起扬帆起航。

其实从偶然间来到这个世上,我们就一直在人生的路上,如青岛科技大学的新生欢迎词所说那样"向知识的苦海前进"。即便我们将来走向社会,知识永远是我们前行的灯塔,一个人的知识越多,前行的灯塔才会越亮,这灯塔不仅能温暖自己的心,也能照亮别人的路。

不仅知识是苦海,人生不如意十之八九,为了那仅有的"一二",我们一直在坚持,为了我们生命的质量,家庭的质量,甚或家国情怀和人类情怀。这就要求我们从今天开始，从这一节课开始，将思想集中起来，做正确的事，做为自己负责的事，做为家国负责的事。

青春是用来奋斗的，奋斗是青春最亮的底色。怎么奋斗？奋斗什么？作为学生，我想就是储备所有生存生活技能。这种技能世界卫生组织定义为："一种有适应性的、积极乐观的能力，它有助于个人有效处理日常生活中的种种要求和挑战。"

面对"人生实苦"的境地，有能力认识自我，理解他人，解决问题，创造思维，继而让自己充实快乐，看起来全世界是相同的。那么世卫组织提出来的这"青少年的十大技能"怎么获得，我想，除了直接的学习，就是间接的读书。

读书可以促进我们把生命照顾好，更能把灵魂安顿好。看中医类的书籍，能让我们在平常的饮食生活中不断趋向健康养生的习惯思维和动作；即便看菜谱也能增加我们趋向合理的生活方式。当然就不用说真正的历史、哲学、文学、地理了，它们扩充我们的视野，提升我们的格局，让我们的内心强大到可以坦然面对人间的一切风雨。

梁晓声在回答大学生们关于"阅读的习惯对人的好处"这个问题时，最后总结说："阅读的习惯可以使人具有特别长期的抵抗寂寞的能力。"其实，除了长辈们提醒实践外，所有的能力都可以通过阅读看书获得实践和积累。小到收拾房间，做一桌饭菜；大到出行在外遇事遇险百度搜索方法，包括积累的经验教训，都可以在你的脑海里形成对策。没错，所有的知识积累不但不会压垮你，反而会在你遇事遇险时帮你出谋划策、分析比对，让你能够选择一个性价比高的解决方法。

当然"阅读的收获"眼下最直接的功效是,帮你考取一个理想的大学,而养成的终身阅读习惯会让你受益一生。爱上阅读就会爱上学习,那些让15%的人答不完的题就和你没有关系,你的气质、境界、气象都会自然而然得以提升。

因此,从今天开始,为了你自己的短期目标和长期规划,请继续挤时间读书,如果你能从书中获得启示和教益,你就能痛了一笑而过,苦了不动声色。你的诗和远方就在身边。"诗意是失意的铠甲。"

过来人对青年人的劝诫,从来没有停止过。两年前河南实验中学秋季开学,老师发现暑期维修教室的农民工在黑板上的留言,句句发自肺腑,图片分享到网络,很快得到很多人的共鸣。所以,未来的日子里,想问题做事情,一定先想眼前十分钟的需要,再想下来十个月的需要,最后想十年后的需要。因为今天不吃读书的苦,明天可能就要吃生活的苦。苦尽甘来,人生无悔。

高中成长过程中依然会遇到很多青春问题,比如自我管理的自律、自觉、自爱、自强,除了从书本中获得方法和动力,更需要我们的意念。比如早恋问题,有一句话叫"未来好感解冻",好感可维持,时机成熟时,变好感为更深层次的关系,什么时间段干什么事,才如道法自然,你的世界才会一片澄澈清明、风和日丽。

需要特别强调一下自我管理中的自律:为人子女,健康是对父母的一种责任,是对自己生命的责任。年轻时投资学习,收获知识;投资身体,收获健康。这就要求我们用最快的时间顺应学校的作息时间，安排好自己的生活学习，注意饮食，加强锻炼，劳逸结合。展现一个新高中生的阳光形象和进取精神。

  最后，希望我过长的开场白能引燃你思想的小宇宙，进而迸发出你未来的样子，题目就叫"我的三十岁"吧。愿我们都能被这世界温柔以待，即使生命总以刻薄荒芜相欺；愿我们目之所及心之所想满满的都是爱；愿我们有软肋也有盔甲；愿我们绽放如花，活成自己喜欢的模样。

2019 年 8 月 31 日

/烛光/

疫情居家上课

感谢大家每天8点20分的准时守候。今天我们上一堂"有关生活和生命的语文课",插入这个主题是综合了当前网络的各种声音以及听取了各级组织声音的一个结果。

首先,针对大家在群里的留言"想去学校上学;在家学习没氛围,没气氛,没场景感;拿上手机怎么可能学习"等,我想说,今天在家学习不是大家在学校时一直向往的美好生活吗?如果我没记错的话,年前一次语文课,我一进教室,发现大家群情振奋,问明原因,才知道班主任刚宣布完放假时间。可想而知,在学校的时候大家多么想放假。如今正是愿望实现的时候,为什么又开始想念学校的美好时光了?为什么居家的生活又不美好了呢?

这是一个问题,当然也是人们的通病——总以为得不到的就是最好的。其实我们深刻地思考一下,很明显"得不到即美好"

是一个伪命题。既然是一个伪命题，就别纠结得不到的事情了。百般思量，千种纠结，不如做好当下。

"做好当下"，说着容易做起来难。对于在家学习的同学，大家要明白，这可能是我们和家人在一起的一段特殊的人生经历。

所以，居家的日子里，除了必要的生活学习外，希望大家也关注下社会，思考下人生。我在家引导小王同学（4岁小男生）锻炼时，不忘让他一起喊着"锻炼身体，增强体质"的口号，也希望分享给大家，锻炼身体，我看到体育老师在年级组群里喊各班体育委员，督促大家在家多锻炼身体，"生命在于运动"。这一点我就不多说了，大家可根据家里的情况开展各种可行的体育锻炼。当然像最近的日子建议大家在太阳好的时候，背对太阳做运动，养阳扶正，提高自身抵抗力。

其次，力所能及时，打扫卫生，整理内务，学做健康美食。因为这些本身也算是一种锻炼，不只是身体的被动锻炼，更是一个人生存的基本要义，越早上手未来越能自如应对。当然，这些说法都要靠大家真正地动起来，希望在群里看到大家的惊喜分享。

"活好当下"，也是让我们的学习和生活充实起来而已。利用好这段难得的居家时期，好好提高自己，好好陪伴家人，做一个积极阳光的好青年，不负韶光，不负年华，认真经营好自己。

如果说积极锻炼、认真做美食是在为"照看好生命"做努力，那么我觉得唯有看书学习是"安顿好灵魂"的办法和途径了。因此，特别希望大家在这个相对自由的时间段里，做好各科作业外，好好读读书，提高文学素养，提升个人品位。

多读书，你就会知道，一个有责任、有担当、有素养的人留于世，会带给世人恩泽和温暖。举文人天堂的宋朝吧，保守党的司马光、改革派的王安石、理念接近司马光又同意王安石某些做法的苏轼，三人政见不一，但并不影响人格的惺惺相惜。相比于历史上很多无良无品官员的落井下石，他们的人格太高大、太伟岸了。我常常沉浸在这些伟大人格共舞的世界里无法自拔，比如余秋雨说李白和杜甫，"像大鹏和鸿雁相遇，一时间巨翅翻舞，山川共仰"。比如余秋雨说苏轼、王安石和司马光，"我对那些年月情有独钟，全是因为这几个同时踩踏在文化巅峰和政治巅峰上瘦骨嶙峋的身影。"你不读书，永远体会不到"峰多巧障目，江远欲浮天"的辽远和广阔；你不读书，永远体会不到"山川异域，风月同天，寄诸佛子，共结来缘"的宏大善意。

　　书读得越多，你的思路就会越开阔；看得越多，你迷茫的时间就会越短，你朝三暮四的想法就会消失，你浑浑噩噩得过且过的想法就会遁去，你游戏的人生就会隐匿。从而换来一个青春靓丽、奋斗努力的新青年。人生苦短，韶华易逝，好好利用每一个当下，珍惜每一天，提升自己，关爱家人，最大限度地让自己的生命发光发热，温暖有缘人。写到这里，我的脑海里不禁涌现出毛阿敏《不白活一回》的优美旋律，也希望大家下课听一听，品一品，想一想。下节课之前可以在群里留下你的感受。下课！

2020 年 2 月 18 日

奢华的幼儿园毕业照

又到毕业季,同事们的朋友圈,青春阳光、满眼朝气的高考学子们让人羡慕,洋溢着远景未来的脸庞久久浮现在脑海,生命的高光时刻环绕着我们被感染的心。

网上还有一种毕业照,却让人高兴不起来。幼儿园毕业照,动辄上百块,博士服、学士服、机长服,这样的设计很用心、很贴心,但我总在想,从教育、从长远的角度看,到底有没有他们说的那么有人生意义,到底将来在断舍离时会不会成为反复衡量的东西?我不知道,我说说心理学家李玫瑾的建议:小时候还是要让小孩子吃苦,小时候不吃苦,长大就成了败家子,只有吃苦的分。

我们应该在孩子没有自立能力的时候为他们提供服务,那也是我们的义务,但过于优渥的、不必要的好吃的好喝的好用的,过了头的商业投入、资金包装，未必是成长的必需品，也有可能成为给未来挖的坑。

3月1日，中国科学院发布的《中国国民心理健康发展报告（2019—2020）》显示：2020年中国青少年的抑郁检出率为24.6%，其中轻度抑郁17.2%，重度抑郁为7.4%。也就是说，每5个孩子中就有1个有抑郁倾向。

优秀大学生跳楼跳湖的消息屡见不鲜，他们不是我们心里的佼佼者吗？为什么会对人生失去希望？

事实告诉我们，如今很多人的眼光和认知水平是亟待提高的。以貌取人，看一个人只看外表，是看不到真相的。"好看的皮囊千篇一律，有趣的灵魂万里挑一。"这句话太高明了，把化妆、医美都说透了，只要你把时间和金钱花费在皮囊上，没有不美的；同理，只要你把时间和金钱花费在自我能力的提升和更有意义的事情上，也不会没有收获。

贾平凹说，人一生是干不了几件事的。所以更要抓紧时间干有意义的事。对于幼儿园小朋友来说，人生的路还很长，那么长的未来里，一张园服的合影照应该可以勾起他幼儿园里的美好人事：爱笑的老师、爱动的小朋友，某次活动的开心……

今年高考，有家长抱花等待孩子出来的情景。印象中，花是用来感恩的，比如在母亲节、父亲节时；用来代表爱情，比如在情人节时；用来哀悼；用来庆祝。家长们举花是为了庆祝孩子们成人吗？他们走入大学真的能自立吗？走出大学能自立吗？能自立的人，环境所迫，多小都得自立门户；不能自立的人，就是网络和现实中的啃老族，啃老一族里什么样的学历水平都有，什么样的年龄都有，这是很让人伤心的。

最近，夏收在即，收割机却奇缺。听说是因为旧的收割机卖了，新的收割机涨价后，出售率很低，原因是不赚钱。网上有消息说西北农林科技大学组织22个专业的大一新生走进田间地头割麦子，带着科研任务剪穗、采样，让人震撼。一个女生说，她之前从没有参与过这样的劳动，今天收获很大。

有人说，今天的中国，依然是那群知识青年在领头，因为他们年轻的时候在广阔天地里吃过苦、受过累，所以今天他们依然有资历大有作为。

爱孩子，关爱很重要，保护很重要，必要的吃苦教育也很重要，所以，当前的中国，勤俭节约主要是讲给年轻人的，那些从吃不饱穿不暖岁月里走过来的人，不用提勤俭节约，他们用命感受过这一中国优良传统的好处。从娃娃起就告诉他们要勤俭节约，吃苦耐劳，并且以身作则，才有可能真正让一代人健康成长，也才是真正的健康中国的开始。

我们的教育，应该是引导孩子们去拥有强壮的身体、良好的心态、健全的人格的健康教育，而吃苦、受挫可能是一种方法和途径，可以支撑起丰盈的灵魂。

2021年6月10日

/ 烛光 /

第一次当家长

  我的小孩结束以玩为主的幼儿园生活后,又随着"双减"进入一年级,所以我在家竟然没陪过他写作业。

  直到这次临近期末,网课基本以作业为主,我这个"饲养员"于是又兼上家教的身份了。第一次当家长,才亲身体会到陪写作业的老母亲为什么会心梗了。我的小孩对作业倒是还算上心,就是字体不工整美观,有时候为了达到工整,一个字擦好几遍。我的耐心就很受考验。我甚至因为他数学题抄得慢,而替他抄题,他反倒轻松地三下五除二写完了答案。我从来不检查,心里有尺度,那就是这些题都是针对他这个年龄段出的,他不应该会错,他又不笨,可老师三次反馈都有不同的遗漏和错误,我哭笑不得。

  甚至有时候,因为一件事说他好几遍,他却依然无动于衷,我便控制不住大喊大叫。每次高声过后,我都会后悔,继而反省自己，别把一个可以向好的苗子让大声喷射枯萎了。我必须把课堂从教室搬到家里，不论是对学生，还是对儿子，我们的情绪，不在于孩子们的表现，而在于我们自己的把控。任性张扬在于浅薄，隐忍谦逊基于厚度。

真正有厚度的家长、老师，面对孩子的问题，不仅不用隐忍，反而可能会欣然一笑，以长者的慈爱感化那个充满渴望的青春状态，这也是换位思考的结果。

三国时思想家刘劭在《人物志》中说："凡人之质量，中和最贵矣。"意思是"大凡人的素质，以中正平和最为可贵"。因此他要求在考察鉴别人才时，"必先察其平淡，而后求其聪明"。用今天的话说，就是"必须先考察他平淡中和的素养，再考察他的聪明才智"。美国行为学家吉格勒提出过一个"吉格勒定理"：除了生命本身，没有任何才能不需要后天的锻炼。我们的素质也需要后天的提高。

诗人庞洁说："我们无数的普通人，已在人世无常中练习过内心浮沉，更应在此时践行比任何时候都重要的自我教育，比如，知行合一。"让生活慢下来，是让我们更多地去沉静、去思考、去纠偏。越是艰难的时候，越要沉得住气。扛得住涅槃之痛，才配得上重生之美。真正的救赎，永远是向内的自我开启。用阿尔贝·加缪的话解释意即：真正的救赎，是能在苦难中找到生的力量和心的安宁。

真正的成熟也是，做好你该做的事，做好你能做好的事，把有价值的人生放在有意义的事情上。不索取甚至不向往自己能力外的偏爱与远景，不纠缠于外在的评判，不被庸俗和虚伪所左右。

居家生活更多还得靠自律。制定读书计划还是健身计划,制定培养引导孩子的好习惯计划还是提升厨艺、茶艺、花艺计划,甚或多重计划同时进行,关键在知行合一。张桂梅说,改变生命的机会一直都在,不要惧怕,人生的"寒冬"里带着必然的春之希望。

朱鸿老师说,长安是中国的心,是一个文化象征。长治久安是中国人一直以来最美好的夙愿。每一个默默坚守者,每一位积极守护者,都在为之聚力,托举崭新的长安,进入下一个爬坡轨道……"春风得意马蹄疾,一日看尽长安花。"

2021 年 12 月 25 日

家长会

"参与、体验""阅读、感悟",是我在驻班家长会上讲的两点提纲。这两点来源于我所谓的教育初心和真正的生命感悟。

现在的孩子,生活里多的是教科书、作业和课外辅导班,缺的是社会经验、劳动锻炼、运动锻炼和大量的文学阅读。衣食无忧地活着,和社会脱节,从进入学校开始,就是作业,科目越来越多的作业,关键时期的良好学习习惯和学习兴趣没有养成,慢慢地越来越掉队了,于是对自己的要求也越来越放松了;各种成长问题出现,于是随波逐流了,别人干啥自己干啥,打游戏、上课睡觉、除了游戏好像对其他任何事情都提不起兴趣。

这样的人生,谈何成长?只是徒增年龄罢了。成长,所谓"懂事很多"的成长,必须有触及心灵的疼痛。一同事曾经言及她们班一男生,说这个男生遇事总想不开,同事作为班主任,就开导他说:"你看你爸白天干农活,晚上开出租多累呀!"男生说:"他累?不就是白天干个活晚上开个出租吗?多舒服的。"这样的认知,只要让他坚持父亲的工作一周,就会改变。这个社会,"站着说话不腰疼"的人太多了,一个人站在道德制高点上的成本太低,有时间就够了,每个人都可以对自己不认可的人和事指手画脚,无论他自己的观点是否符合普世价值观。

不以"孩子小"为借口,让他们承受该承受的苦难。家里老人生病了,甚至去世了,怕影响孩子学习,周末也不让去看望一回或者送别最后一程。孩子们知道后会遗憾,但到医院里的认识和生离死别的跨界认知,他们永远也感觉不到。

"舐犊情深",是我们所有成年人的共性。但岁月不饶人,我们终将老去,孩子必将长大成人,需担负起他们应该承担的责任。每一个男孩都有可能成长为父亲,每一个女孩都可能成长为母亲,如果他们没有一个循序渐进的心理成熟期,希望两个孩子教育好一个更小的孩子吗?这也是我们当前一个突出的社会问题,更早的则体现在闪婚闪离上。

我相信每一代都不是"垮掉的一代",但每一代都让人担心。教育不只是学校的事、老师的事,它是全社会的事,但它首先是家庭的事,是父母的事。你的认知决定你的眼界和境界,也最先决定了你孩子的眼界和境界。

让孩子从小干家务,参与劳动,体验人生。普通人,不会有人一生管你的衣食住行,更多的还是靠自己。一个男孩,没有被父母引导学会整理自己的内务,邋遢的形象和脏差的生活习惯,凭什么在将来组建幸福的家庭?一个没有担当没有责任感的人,凭什么拥有幸福生活？"一屋不扫，何以扫天下？"从细微处着手，从身边小事做起，才能积累起金字塔的坚实基座。

人活着，变数大于定数。我们用心备课，面对高中生这样的大孩子基本能应付过来；面对幼儿，用心也没用，场面可能无法掌控，因为他们还没有基本的自律概念。做任何事都一样，第二次的规避和发扬，肯定比第一次要好。可人生很多时候不会有第二次，人生的遗憾就何其多了。

于是，需要阅读，从他人的人生经验里获得启迪和教训。阅读越多，感悟越深，人生的失误可能就越少，遗憾和失落也会越少。

人生之路除了上学时候容易顺遂外，别的时候都不容易。上学的时候，只要成绩好，一切都看起来那么明媚。走向社会，成绩好也没用，同一个水平的同事，为什么有的人如鱼得水，有的人举步维艰？这是社会和教科书里最大的区别。教科书里告诉你得几就是几，告诉你做人要诚实、要坦荡、要疾恶如仇，要不搞阴谋诡计、不媚俗不媚上、不搞小动作、不做打小报告的小人……

现实里，如果我们早早地知道做人要外圆内方、要说话留三分、要多做事少说话，我们的人生应该顺遂一些，腾出更多的时间在有意义的事情上，而不是被人牵着鼻子走。

我们的一生，除了参与过、体验过，就是看过他人的、历史人物的一生境遇，才能明白活着还是早早醒悟好。项羽出生于将军世家，却一生不爱学习文化，自以为是，硬是把一副好牌打了个稀巴烂；刘邦出生乡野，体验过最底层的民间生活，加上喜读兵法谋略史书，才能两年破秦四年诛项而后从容平定臧荼、利己、韩王信、陈豨、英布等人的谋反，顺利为大汉朝的政权稳固奠定了坚实的基础。

至于晚唐诗人章碣说"坑灰未冷山东乱，刘项原来不读书"，只是借讽刺秦始皇的焚书坑儒政策来讽刺晚唐的黑暗政治，当然也提及秦汉历史，这符合所有怀古诗借古讽今的特点。

看看司马迁《史记》中有关项刘的详细记载，我们就明白了：项籍（籍，项羽的字）少时，学书不成，去，学剑，又不成。项梁怒之。籍曰："书足以记名姓而已。剑一人敌，不足学，学万人敌。"于是项梁乃教籍兵法，籍大喜，略知其意，又不肯竟学。

比起项羽的半途而废，刘邦读书是有始有终的。《史记》载："卢绾亲与高祖太上皇相爱，及生男，高祖、卢绾同日生，里中持羊酒贺两家。及高祖、卢绾壮，俱学书，又相爱也。里中嘉两家亲相爱，生子同日，壮又相爱，复贺两家羊酒。"这条出自卢绾的传记清晰地记载了，汉高祖刘邦曾和同年同月同日生的卢绾一同读过书。后来每每听取谋臣张良、郦食其的建议，都显示了他的胸襟和谋略，刘邦把一副烂牌打到了人生的天花板。

24岁的项羽即便占有当时所有的资源，无史书积累无谋略无城府，又怎么敌得过48岁体验过人间沧桑、又饱读史书具有雄才大略的刘邦呢？正因为读书，刘邦才能识人，张良三番地逃离刘邦，归来刘邦依然视张良为宝贝；项羽不读书，怎么会识得范增的价值呢？君臣同心和不同心，结局必然相反，一次围困，就要了他年轻的命。不读书，怎么知道"勾践灭吴"忍辱负重的精神呢？怎么懂得大丈夫能屈能伸的道理呢？

冯唐在《人生很短，马拉松很长》一文里说，人生最正确的态度就是，诚心正意，不紧不慢，做心底里认为该做的事。梁实秋评价梁启超是"有学问,有文采,有热心肠的学者",崇拜之外心向往之。

因此,于我们普通人而言,参与劳动运动锻炼,不仅能增强体魄,更能体验更多的人间生活方式;阅读更多的书籍,才能在人海沉浮中想起更多优秀人才的优秀品质,从而让自己更优秀,让余生更从容。

2020 年 11 月 23 日

/烛光/

我讲《涉江采芙蓉》

教导处的李老师告诉我,我这周必须讲公开课。我寻思那就上《诗三首》之一的《归园田居》吧,讲讲陶渊明,顺便和大家讨论一下,从陶渊明的人生里获得了哪些启示。

我先根据我的理解总结了陶渊明的一生:往大了说是中国文人践行的"达则兼济天下,穷则独善其身";往小了讲是冯唐说的"练就一身本事,能成大事时成大事,不能成大事时继续躲在某处练成事的本事""不管顺逆,找个可以使力气的地方,继续去使力气"。再顺便举苏轼、王安石、司马光的例子,说明"达"时可以选择一种人生道路,"穷"时可以选择另外一种人生道路,总之,不浪费时间、不辜负生命才是人生的基本要义,更何况有时"穷"(仕途不顺利,走投无路)可能会成就更伟大的人生。

苏轼"积极入世"受挫后,多元化的思想使他退而转向自身,实现"内圣为王"。孔子的"邦有道,则仕;邦无道,则可卷而怀之",说明了孔子正是因为没有当上鲁国的宰相才成就了"万世师表"的美名。所谓"入世无望,被迫治学",范仲淹"不为良相,便为良医",都是面对仕隐两条人生路的选择,只不过前者显被动,后者积极主动了些,本质都是一样的。

苏轼被贬谪后的平民情怀让他将自己的人生绽放到了极致:文学家、书法家、画家、水利学家、美食家、教育家、音乐家、医药大家、数学家、金石家……成了后一千年很多中国人的第一偶像。试想他仕途顺遂,年轻时当上了宰相,这些名号还能实现几个?贾平凹说:"一个人一生是做不了几件大事的。"苏轼正是冯唐所说的那种"在能使力气的地方,继续使力气"的人,只是他太厉害了,凡能使力气的地方,他都能使上,而且成绩卓著。

而我们,唯有通过读书才可能去靠近苏轼那样的"内圣"。但考虑到《归园田居》内容较长,只文本就需要很长时间来梳理,担心听课的老师无聊而生厌,也担心浪费大家的宝贵时间。

那就讲《涉江采芙蓉》吧,五言诗短小精悍,文本处理起来用时短。于是设想《涉江采芙蓉》的导语,从当下同学们临近周末的状态导出"思",从热播的《装台》导出秦腔,导出李龟年,导出王维的《相思》,赏析《相思》本身就可以推导出"美"了:同是"相思",王维用"红豆"的典故,用素朴而典型的语言来表达的深厚思想情谊就美多了。但上课时因为有点紧张就忘掉了,直到讲五言诗的格式才引用蒋勋的理解提到"美",引用冯骥才的"艺术的本质就是在任何地方让美成为胜利者"来证明,只要是流传下来的,都是大浪淘沙淘出来的东西,都值得我们去享受,去学习，去"读"。

　　因此，文本解读完之后，我引领大家知晓，"思念"是人类共有的困境，但就本篇《涉江采芙蓉》而言，游子思乡思亲的苦闷由最后一句"同心而离居，忧伤以终老"来体现，游子很失意，但读者看到了，特别是周末夫妻看到了，甚或月末夫妻看到了，就获得了救赎。假如这些两地夫妻以"两情若是久长时，又岂在朝朝暮暮"为人生信条，那么他们在"相思"上就没有了困境，相反还获得了积极的态度和美感，这些收获都拜读诗所赐。人类共有的困境那么多：孤独、欲望、恐惧等，樊登说："只有读书能让我们脱离当下的困境。"

　　读书带给樊登最大的收益就是让他40岁就实现了财务自由。樊登读书会三年营收过亿，团队在经营，他自己成为拥有"睡后收入"的人。而我们一般人在朝九晚五的生活里，在披星戴月的生活里，在今天有活今天挣钱的生活里，怎么实现获得感和幸福感？"一半烟火一半清欢"是我们的理想，身在尘世烟火中打拼，心在浮云流水间徜徉，喧嚣红尘里那颗宁静的心，更多靠的是读书去修得。读书能解决你的一切困境，于高中生而言，当下读提高学习力的书籍能让你在高考中决胜。

　　课堂没有安排小组讨论，出发点来自高考，高考是不可能讨论的，团结合作精神在体育的接力赛中、在拔河赛中就可以得到训练，在理科的实验里就可以培养，不一定非得靠语文课堂去培养。我懂得"高效课堂"的良苦用心，但我依然相信语文学科的特殊性，它可能更需要润物无声，更需要"静等花开"，不是补几节课就能立马见效的，有心的孩子会发现读书在未来不可估量的价值。

可能老师用自己的文学修养濡染学生,所谓"亲其师信其道",学生也会自然而然爱上这门学科,更何况"语"和"文"二字就是读和写,就是要先读书,后写作。读书不仅能让青年学子早早明白人生要义,更能让他们走向社会不断成长。

能进入语文课本的篇目,无疑是古今中外文学作品精华里的代表,它们关乎人间一切美好的情感和字眼:温暖、成全、担当、责任、柔软、刚强、勇气、忠贞、积极……用心体会都可关照我们的人生。文学既是人学又是美学,"悲歌可以当泣,远望可以当归",文学能让生活诗意起来、美妙起来,人生如逆旅,开心很重要。读书能让我们获得比开心更多的收获。

我没有在另外一个班先行练习,"言多失气",又不懂放多少黄芪来补救,所以只讲了一遍,因此我的很多设想没有更好地展露出来,留下这样那样的遗憾。尽管大家给予我很多鼓励甚至溢美之词,我知道,我需要读书来减少遗憾。

2020 年 12 月 12 日

/烛光/

一个普通文科生的成功逆袭

  2011年曾接手2010级普通文科班17、18班。2017年秋天,同样名目的高二17、18班,让我常常想起王楠。

  我想写一篇关于他的成长,我所了解的那部分。当年还是两个文科示范班,而他所在的高二17班只是四个普通文科班其中的一个。每个高一结束时文科会根据成绩重新分班,这重新的组合让我们师生有了缘分。刚开始大家也不熟悉,上课只能给予常见的说教:"进未进示范班也不重要,重要的是目标明确下的自我砥砺和全力以赴。"等慢慢了解到王楠是俗称的"跛子腿",严重偏科,数学和文综几乎满分,语文和英语相当差,高考大科目满分150,90分及格,他的语文常常70分左右,英语常常不够50分。

  "真的猛士,敢于直面惨淡的人生,敢于正视淋漓的鲜血。"

我常常在课堂上用我们背诵的名句去鼓励他们。他们在语文早读背英语单词，在语文自习做别的科目作业，我从来都报以赞许的眼光："只要你在学，只要有利于你的提高，哪门学科都行。""只要脑子动着，不做无意义的事，就是进步。"……很多鼓励的话，我常常说，我的同事肯定也一样。

当然，最主要的觉醒在于王楠，从高二开始，他除了数学文综继续独占鳌头，更是很努力地在做语文题，在背英语单词，我都看在眼里。课堂上的专心与否和参与程度基本决定了一个人的成绩。所以慢慢地他的语文成绩能上90分了，英语也能考到70分了。再慢慢地语文分能上百了，英语快及格了，这样的踏实奋进，他和同学们一直坚持到高考。

而王楠，在高三最后一次考试中，即俗称的三模，考了学校全年级文科第一。两个文科示范班也在他身后。这也是内因比外因更重要的有力证明。后来高考，他语文考了117分，英语100分，虽然没考出他的最高水平，加上听说文综也没有平时考得好，好在总分560，是学校当年文科一本17人之一。顺利考取了教育部直属211工程大学华中农业大学，专业是社会工作。

王楠在我的课堂上发言，一直用关中话，大家就笑。我顺水推舟，说，将来走向更广阔的天地，普通话才能更方便交流沟通等。其实我从来不介意孩子们用什么腔调，只要他能展示自己的思考，表达自己的思维过程就够了。然而当他走向大城市，独自从西安骑行武汉的时候，在安徽问路，当地人回他的话，他都听不懂，我知道他早已不是青涩的高中生了。

他将当时求职的简历发给了我，我才了解到他大学生活的充实。大二竞选校社会工作协会会长成功。大学一年时间就让他从一个不会说普通话的农村青年转变为一个阳光帅气朝气蓬勃的大学协会带头人。在当会长的两年里，他不时地在社交平台分享自己的活动照片，展现他们的青春和活力。他作为两项社会活动的项目负责人，表现出了很多大学生不具备的社会责任感和人文情怀。平时和我沟通自己的思想变化、骑行生活。毕业顺利在北京就业，朋友圈的离别小文让我想起他第一次坐火车上大学时写的那篇，一样的煽情，一样的感人，只是方向变了，基础变了，更广阔的天地已在他的脚下了。

说王楠，说了王楠这么多"隐私"，却不仅仅是为了说王楠，而是想让我现在的学生看到他们的学长，以前的文科普通生通过两年的扎实努力，一样可以走向文科示范班同行列的大道，甚至，比很多当年的示范生走得还要好。如果这篇文章能够唤醒很多敲钟式的学生，王楠的"隐私"就没有白说，我也没有白写。

王楠是我很多优秀学生里的一个，希望我的生命里出现更多这样清醒、踏实、奋进的新青年。

2018 年 1 月 18 日

高考结束,有一种爱指向分离

记忆中有句关于爱的话题:"这个世界上,所有的爱都以聚合为目的。"刚刚结束的万众瞩目的2019年高考,让我想起了有一种爱,只指向分离。

2019年的春天来临的时候,面对忙碌的工作生活,我常常设想不久将要到来的六月将是怎样的解放区的明媚的天呀。可当六月真的来临,当假期真的来临,除了前两天自由所带来的兴奋和充实外,失落感却与日俱增。

还清晰地记得,一个多月前,孩子们晚自习照例坐在教室里认真刷题,忽然班长拿了束花上来,颇为感慨地说,想到不久后的分离,我们都泪流满面。那节自习我们说了好多无关高考的话,但我只记住了当分离还是未来时,我们却因将要分离泪眼婆娑地担忧的情形。

当朋友们恭贺我开启假期生活的时候，我也高兴不起来。我明白，那些朝夕相处的孩子，他们必将走向远方。我们也一直在托举他们，想让他们能走得更远。当他们真的要走了，我们却对于旧教室的未来新生充满了迷茫。

高考结束后，孩子们答完卷子的轻松，对完答案的喜悦，并没有冲淡我的忧伤。想起三年前，面对毕业生的分离，写过老师都是摆渡人。渡学生到高中的彼岸，到大学的此岸，这一次聚合就画上了句号。一趟一趟的过客，老去的只是摆渡人的容颜，铁打的营盘流水的兵。

高考结束，我们终将分离，我们必然分离，我们带着对彼此的爱不忍不愿都将成为分离的蒲公英种子，随风而逝。而新的聚合，会让大家重新欣喜、悲苦，人生的悲喜交集不会因为处于什么时期而改变，只是悲喜的诱因不同罢了。

因此，分离何尝不是另一场聚合的开始。高考只是意味着这种疯狂的刷题模式结束，而新的学习模式已经向孩子们拉开了序幕。我们和重新坐满教室的新生，你们和你们来自五湖四海的新同学都是又一次聚合的开始。甚至，你们走向高等学府，走向工作岗位，和亲人分离，和家乡分离，与新的同学新的城市新的同事新的区域聚合。世界上的人千万亿，时空让我们相遇甚至相知，概率太小了。所以聚合时期的彼此成全，就显得美好和圆满。我们因分离所带来的关切、留恋都将成为彼此时空记忆里的锦绣年华。

我们人生岁月里的一批批过客，总会有2018网络流行词"确认过眼神，我遇见对的人"般的美丽回忆。最近几年盛行的同学聚会不就是最好的明证吗?"再过二十年,我们来相会。"我们还没分离就已经开始设想未来的聚会了。如同"过年回家",我们朝圣般的乾坤大转移,陆路、水路、空运,不都是为了爱的聚合吗?这场聚合使人间所有分离的痛苦、旅途的劳顿统统都消失不见了。

有的小孩早年产生逃离父母、逃离家乡的心思,长大后、年老后,却义无反顾地将父母、家乡当作了最后爱的依托。"叶落归根""绿叶对根的情谊",无论当初怎么倔强,怎么叛逆,时间总让我们不断地回想来路,甚至走着走着,容颜里的父辈就变成了我们的爷爷辈,走着走着,我们就走成了我们的父母,走成了父母的重复。

我们为爱聚合,我们因爱分离,悲欢离合皆因爱。爱也是推动世界运转的动力。未出世的小天使,带着翅膀飞呀飞。"我到底要选谁做我的妈妈?""那个最有爱心的就是你妈妈。"童话世界里,爱是天使,天使是爱,所以子女因爱选择父母,父母因爱成就子女,一代代成就了新的文明,推动了新的历史。一代代子女送走了他们的父母,又被他们的子女送走,用唯心的话讲,他们终将分离,又终将团聚。

每年高考,学长学姐们总说,"考完兴奋了一秒,却怀念了一世。"我们如此期待青春的结束,期待新的聚合,却在未来的岁月里千万遍地呼唤青春,回想分离。这也许也是高考的意义。苦过累过疼痛过心酸过,期待过埋怨过,也许因为心的历练太多,心里的活动印记扎得太深,所以小小的碰撞就会带来多米诺骨牌效应,那时候的人那时候的事一股脑儿跳出来,非得外在的因素才能平息这场伟大的念想。

  孩子们高考结束后终将走向他们的广阔天地，而我们也终将被一茬茬新生提出相同的问题，问题远去，唯有爱长留人间，一代代传递下去。这爱，可以指向分离，但最终，都指向了合聚。未来我们都将合聚，所以今天的分离也有了意义。

  今天的分离成就了作为宇宙微尘的我和你，我和你生命的张力。

2019 年 6 月 10 日

"祝愿所有考生金榜题名"的逻辑

今早一打开手机,朋友圈祝福高考的信息刷屏了:愿所有学子,金榜题名,不负韶华。

我能理解大家的美好愿望,但总觉得不能给孩子一个假象:只要参加了高考,就会进好学校。当然,这样的话,可以对一个班说,一个学校说,甚至一个县、一个区,唯独不能对所有人说。对所有人说,动用这么大的社会资源组织这么庞大的社会活动,就失去高校选拔、自我定位的意义了。

如同做生意,同一行业,赚钱的能达到一成,能维持下去的可达三四成,五六成就属于街道上不断变换的门面。而我们的高考结局何尝不是?清北名校少之又少,考上的同学就如同那些有生意天赋的人一样,加上前期的不断努力和持续的学习坚持,才能独占鳌头。

记得去年高考成绩下来,我在学校门口等人,旁边台阶上,坐着一个老妈妈,拿着老式按键手机不知道和谁在通话,只听见她说:"捏(陕西方言,表达的是"她儿子"的意思)考了200来分,我意思让他再补一年考个好学校,捏坚决不补,要上职业学校,你看你能不能给他说说……"

我不知道老妈妈这通电话是打给谁的,但我猜测肯定是她认可、信任,并且觉得儿子会给面子的一个能行人。我曾经把这个故事作为开学第一课给新的高一学生讲过。我说,你的努力,成就的不只是你自己,而是你的父母家庭。你的成长成才承载着几代人的愿望。

高考当然应该加油,这是我们人生路上很重要的一个节点。我们的人生是否开挂,高考是一次关键的起步。出身我们无从选择,有缘来到这个世上,我们就有理由和信心活出我们人生的精彩。

这样的精彩,来自踏实的努力,积极的进取。我们使出了浑身解数也只考了个高职,也可以成长为大国工匠,也是时代的佼佼者。

很多年前读过一篇文章,说一个体制内的北京女孩,找了一个北漂的理发师,大家都为女孩感到惋惜。很多年后,这个女孩的幸福别人无法复制,原因是理发师是一个理发高手不说,而且还特别会学习,会生活。因为职业的自由,理发师每年都会安排自己去国外学习,顺便利用假期带上家人,包括岳父岳母。岳父岳母对女婿也从一开始的嗤之以鼻到后来的信任有加,并常常在街坊邻居朋友面前夸奖女婿:饭做得好,把家里收拾得井井有条,外孙教育得好,门面打理得好,有时间就会带他们出去旅游……

我们一直都说,工作不分贵贱。关键是在自己的领域有没有努力想去做到更好。收破烂,都可以收出王来。三百六十行,行行出状元。我们是不可能都金榜题名的，但是我们可以做到不负韶华；如同我们不可能都上211，但是我们可以尽力，高考时考出自己最佳的状态和最好的分数。然后选择适合自己的专业，走出你开挂人生两万五千里长征的第二步。

如果说高考是迈向社会的第一步，是人生的第一大考试，那么后面的就业、成家、养育则是无数个考试了。人生时时有考试。考试是否会成功，人生的每一个阶段是否会留下遗憾，全部靠你前期的准备和当时的机遇。基础好，后面轻松；基础不牢，后面会倒。有的人的人生是一路开挂，有人的人生处处挂不上挡，人和人的距离就拉开了。你是否会成为大家口中的别人家的孩子，完全取决于你前期的努力和当下的状态。

积极乐观踏实努力的，头脑清晰，平时考试当高考，高考才能当作平时考试，发挥到极致。毛主席说："在战略上藐视敌人，在战术上重视敌人。"藐视高考，指的是心态好；重视高考，指的是保持平时的认真态度就行。

做最好的自己，应该包括高考考到前期所有考试的最好排名。努力没有上限，但大家的结局有，只要达到自己的上限就行，认识自己，定位自己，把自己的人生规划好，日子过充实，大到可经世济民、安邦治国；小到可修身养性、安家扫屋。我们是什么样的材料，想成为什么样的材料，靠我们积极学习，认真分析研究，最后确定目标，努力实现，这才是高考对我们的启示。

加油，青年！加油，后浪！加油，前浪！所有的休息和前进都是为了成就更好的人生、更有质量的生活。高考亦是。

2020年7月1日

/烛光/

品德教育的重要性

  周末坐出租车,闲聊中,性情温和的司机大姐说,临潼科大的学生在网上买黑卡坐出租车,完后再也找不到人,这样的事让他们出租师傅很头疼。
  当我有感于当代大学生的品德素质,准备高谈阔论时,她打断了我的话继续说,现在这小娃也不得了,一次她从某小区门口拉了一个小女孩到某初中,一上车小女孩就说,我手机没钱了,阿姨先给我交一百块钱,连上网我将车费一起扫给你。结果她替小女孩交了话费后,小女孩说手机在家。她说那我将你拉回家取一下手机,小女孩死活不回。大姐又说那我给你父母打个电话,让父母帮你转一下话费和车钱。小女孩说她没记住自己父母的手机号码……后来她将小女孩送到学校门口让她下了车。上微信群说了今天的怪事,很多的哥的姐都跟帖留言被这个小女孩骗过。

大姐补充说，她当时有将小女孩送到派出所的心思，但转念就觉得会害了小女孩，于是想就当自己又做了回善事，却没承想这个女孩是个惯犯，将来不知道要害多少人。我接话道：所以你真应该将她送到派出所，可能还救了她，也会救了将来的许多受害者。

想起前两天看到一个文友的朋友圈：到现在我都难以置信，我对她那么好，怎么可能骗了我？几个月前，一位自称是中医学院叫某某雨的女孩拿着学校的介绍信到单位来"社会实践"，连续一周多每天背着理疗仪来给大家义疗，一坐就是一整天。我刚好腰椎不适，每天让她给我理疗一会儿，感觉那个女孩子挺辛苦，也很感激她。闲聊中，她说学校下任务需做够多少家，看我能否介绍进社区。刚好我婆婆腰腿不好，便建议她先给我婆婆理疗一下，如果有效果，再考虑介绍她在我们社区活动……那女孩儿背着大包两次老远地赶到我家，腿勤嘴甜，给我们挨个按摩、理疗，一家人都高兴，又知她老家在外省，一个人在西安求学，很不容易，把她当妹妹一样看，就给婆婆买了一台。那女孩说，过阵我给奶奶再送两包硅胶贴片。上周，婆婆想起贴片的事儿，随口提到她认识的一个老太太买的理疗仪才一千多，我说不可能吧，是不是牌子和功能不一样，婆婆说可能吧。随后我跟那女孩儿联系贴片的事，打电话不接，一看微信把我拉黑了，后来就再也联系不上了。今天问起两年前曾买过同一款理疗仪的一位同事她买时多少钱，答：1560元。我才肯定我被宰了！婆婆应也知道我被宰了，只是没说穿而已。平日里我还教某雨怎么预防各种骗术……

我不知道中医学院女生、科大男生和那位初中女孩有着怎样的家庭背景，但是他们利用良善，不敬规则，运用自己的小聪明行骗，让人痛心。我知道这只是青年学子中少之又少的品行俱差者，可往往他们的危害是不可预料的。因此，教育引领的作用就至关重要。

马上又要放寒假了，我们的孩子可以不用像周末那样断断续续地上各种辅导班了，而是可以全天候地上辅导班来增加自己未来进入社会的筹码，可是没有诚信，没有良善，我不知道再多的艺术加持能让一个人走多远，如同我不知道一个欺诈盛行的社会怎么朝前走一样。同样的问题集中到这两天进入我的视野，让人感慨不已，我不知道的那些呢？我以前听说过几个校园欺凌的故事，被欺凌者成年后依然走不出被欺凌的阴影，生命质量可想而知。而那些欺凌者，那些品行极差者长大成人如有机会掌握权力，再看他们不择手段排除异己的嘴脸。

一般情况下，一个读书多的人，会拥有文化品德，他就不会害人，但免不了人会害他，所以读书的人即便受到伤害也会视害为虫，不足以影响他人生的发展，仕途受阻的苏轼有了更多时间成就各个领域的自己，他把自己活成了之后文人的精神导师。

我们总是清醒得太迟，清醒在为人父母后，希望自己的孩子少走弯路，懂得早早为以后的人生储备，可那些小小人儿没那么多人生体验，怎么能感受到父母的良苦用心，于是一茬人一茬人犯着同样的错误。但总有早慧者，早早明白人生苦短的道理，理解只有抓紧时间读书才能不断提升自己，才能做更多有意义的事情。

那么多古圣先贤不都是这么做的吗？"天下有道，丘不与易也。""为天地立心,为生民立命,为往圣继绝学,为万世开太平。""为中华之崛起而读书……"他们从小立志,希望通过自己的努力,及早建功立业,有一番作为。即便没有入世的通道,也懂得明月清风之"内圣",把自己活成历史上的耀眼明珠。他们有担当有责任,出则"以天下为己任",入则以修身养性为日常。他们圣大而光明,磊落而不拘,忠诚踏实,坦荡无邪,上不愧于天,下不愧于地,明辨而知是非,不为权贵奸佞而左右,只做有意义的事。

因此,还是多读好书吧,好书会让我们思路清晰,明辨为人之肌理纹路,即便成不了正大之人,也可以是踏实的平凡人,至少不会成为因一点蝇头小利就不择手段还沾沾自喜的小人。

当然,一个人读再多书,思想依旧极端,心胸依旧狭隘,不以同理心待人,没有一颗柔软的心,不能明白人世的苦痛是可以相通的,我依然认为他没读到好书,只读到了利己的书,唯我独尊,嫉妒猜疑,自己过不好,别人也别想过好。

教育也一样,很难把握它的最佳尺度,但心的博大、品德的正大,都应该是我们的方向,古代"梅兰竹菊"般的君子,是我们学习的榜样。

2020 年 1 月 5 日

/ 烛光 /

不忘初心，与时俱进

时代飞速发展，社会日新月异。要求我们与时俱进。只有与时俱进，才不会被时代的洪流击倒，淘汰。站上潮头，不忘初心，坚持梦想。

作为一名语文老师，紧跟时代，学习技能；读书写作，从未忘记。

犹记得2008年，临潼教育论坛如火如荼，我在朋友们的提醒下，初闯论坛，便一发不可收拾，和几个老师一起被委任为"舞文弄墨"版块的版主，那时候认识了很多教育系统的写作者，大家相互鼓励，共同切磋，过了几年美好的日子。慢慢地，我的文章见报见刊，并在几次国家级别的征文中获得奖项，2010年我被邀请加入了西安市作家协会，读书、写作、讲课，三者相得益彰。几年前，收到2009届毕业生的信息："刘老师，我刚过临潼中学门口,真想进去再听听您讲课,太享受了。"我把读书和写作的收获分享在课堂,那是活生生的语文,语文课不只是背诵和做题,里面的情怀和格局,是成就精彩人生的基石。

2016年,在西安文友的帮助下,我申请了自己的公众号,闲时推送文章。文友王校长不乐意了:"不能只推送你的,把大家的都推送上去。""石榴花文艺"由此诞生。每天的编辑,不只是我在学习,同学们偷偷地告诉我:今天推送的文章,能做上次作文的材料;今天推送的文章,解决了我近来的心病……就这样,很多同学告诉我,我改变了他们对于语文科目的认知:上下求索的屈原也可以是我们人生的榜样;豁达开朗的苏轼也可以是我们做人的模范……背诵和做题都不是问题了,变成他们致敬心中英雄的体现,成绩不言而喻。而我自己,2019年的收获是加入了陕西省作家协会。

去年春天,面对网课教学,我不断学习新的教学模式,荔枝课堂、希沃白板;针对一早不按时上课的学生,我每天发红包在群里奖励早早做好准备听课的孩子们。网课结束,学校测验,我们班平均成绩远超平行班,一个最认真的女同学考到全校第五名的好成绩。新的挑战,又何尝不是新的机遇?敢想敢干,困难也会成为进步的阶梯。

昨天中午,在校门口,遇到一群学生,和我打了招呼后,其中一个说,老师我想死你了。我很惊讶,心中翻腾起"见着我还说想我"的时候,她紧接一句:"我太想上你的语文课了。"我于是追问:"你现在在几班?"答曰:"四班。"一片笑声中告别。

这一学年,我在陕鼓中学支教,他们这学期进行了文理分科,重新组建了新的班级。这一学期，牛年春节，和亲友相聚，她们建议我上传视频到抖音，于是我梳理每天上课的内容，剪辑成小视频，分享至网络，在公众号萎靡时刻开拓了新的领域。每天碰到同事，都会有人问，今天的视频拍了吗？条件有限、时间有限、心境问题，我不知道我能坚持多久，但看着后台的点赞和留言，那种喜悦不是财富的累积，是一种心灵的释放。一个昔日的学生留言说：刘老师，网络中与您相遇，看到您的讲课，想起过去上学，那个时候，最喜欢听您的语文课了，今天有幸再次聆听，我眼眶湿了。

这么多的小确幸，让我想起电影《人潮汹涌》中，刘德华饰演的周全对万茜饰演的李想说："失忆后，我没给你说过一句假话，我想真实地活着。"是啊，人潮汹涌，社会复杂，江湖险恶。幸好，我面对一群纯真的孩子，只要努力，只要愿意学习和付出，他们的成长就是我的福报，他们的每一句肯定和认可都是我前进的动力。

想起一句歌词："我做了那么多改变，只是为了我心中不变。"故步自封，今天便是最坏的时代；与时俱进，今天就是最好的时代。沉迷事业，精进专业，不忘初心，成长为更好的自己。

2021 年 2 月 13 日

读
书

向古人学做人

古人一出生就秉承"修身、齐家、治国、平天下"的政治理想，他们如果有机会，就会付诸所有的精力和热情追求人生发展和价值实现。功名听起来俗气，但人类的发展离不开历史上所有人的努力，也正因为一代接一代人的努力，才发展到今天，才有了今天的文明程度。因此，有条件积极"入世"，践行儒家的主张，尽力去实现人生价值，为自己、为亲人、为社会。这也叫"抬得起头"。

但在践行儒家入世理想的过程中，不免会遇挫折，遇到难以抵挡的困境。这个时候，中国古代文人往往会产生"壮志难酬""英雄无用武之地""天妒英才"的忧愁苦闷，这时候，就需要"弯得下腰"了，如陶渊明、苏轼。历史上有多少人，"入仕无望，被迫治学""强使英雄成才子"，如孔子、李白等。

朗朗上口的《陋室铭》诞生记：当时刘禹锡任监察御史，参加了王叔文的"永贞革新"，反对宦官和藩镇割据势力。革新失败后，他被贬朗州司马，迁连州刺史及安徽和州县通判。按朝廷规定，他应住衙门内三间三厅之房。但是，和州策知县是个势利小人，认为刘禹锡是被贬之人，便给他小鞋穿，安排他到城南门外临江的三间小房居住。对此，刘禹锡没有怨言。相反，根据住地景观写了一副"面对大江观白帆，身在和州思争辩"的对联贴在门上。做贼心虚的策知县见之，甚为恼火，马上将刘禹锡移居别地，并把住房面积减去一半。此房位于德胜河边，岸柳婆娑。刘禹锡见此景色，更是怡然自得。于是，他又撰写一联："杨柳青青江水平，人在历阳心在京。"策知县闻讯后，下令将刘禹锡撵到城中一间只能放一床一桌一椅的破旧小房中。半年光景，刘禹锡的"家"被折腾了三次。他在愤激之中，如鲠在喉，一气呵成，写成了《陋室铭》，并请柳公权碑刻竖于门外，把那个知县气得一筹莫展，哑口无言。

现实生活中，儒道思想被我们自觉地践行着。一个"进步"的机会来了，争取的人很多，争取不上的是大多数。榜上无名者，就去寻求别样的发展，把祝福送给这场竞争中的成功者。欣赏别人的风景也愉悦自己的心情。

古人的经验告诉我们，生活中很多事情，没有绝对的对与错，换个角度，得到的结果、获得的心境都不一样。机遇来时，努力追求；机遇未到，不烦不恼不计较，把更多的时间花在可以进取的地方上，聚沙成塔。

2016 年 10 月 14 日

/ 读书 /

学做圣人

荀子《劝学》曰:"积土成山,风雨兴焉;积水成渊,蛟龙生焉;积善成德,而神明自得,圣心备焉。"说明人通过学习能具备圣贤的心理。问及学生,觉得自己通过学习能成为圣人吗,他们都拨浪鼓似的摇头说,不能。

没错,我以前也是这么认为的。认为圣人离我太远,因为我和大家一样,都是芸芸众生。可当我有幸看到张宏杰对曾国藩"脱胎换骨"的介绍时才明白,圣贤也是人,只是比普通人更有头脑,更有毅力罢了。

朱熹的说法更简明扼要:"每个人都须以圣贤为己任。世人多以圣贤之人高不可及,而自视太低,所以不肯向圣人方向前进,殊不知圣贤秉性和常人一同。既与常人一同,又安得不以圣贤为己任?"

我的一个朋友常常抱怨生活,说活着如同行尸走肉。还不忘打趣我:"你还有人生乐趣呢。"我反驳说他是"好日子过腻了",没愁强说愁。他强辩不是。是不是不重要,重要的是,人生还真应该有一个比自己现况更高远的志向。更何况乐趣这东西多好啊,有它陪伴,人生也显得高尚了许多。我想无趣的原因,无非是年轻时候的志向实现了,如今身处高位不辨来路。

中国文化源远流长,与她的文化信仰分不开。这个文化信仰首先是儒家思想。最终成就中华民族一脉相承的还是那些深受儒家思想熏陶的仁人志士。

儒家倡导人如果到了圣人的状态,就会无物、无我,达到一种极为自信、极为愉悦的情感状态。这种状态,是人人都想要的体验。我们普通人如何努力才能达到这样的最佳状态呢?儒家倡导"内圣外王"。所谓"内圣"就是做事可以不逾规矩,问心无愧。"外王"就是可以经邦治国,造福人民。这与孟子的"达则兼济天下,穷则独善其身"有异曲同工之妙。

儒家解释所谓圣人就是达到完美境界的人。可我们都知道完美是不可能达到的。因为人的巨大潜力连人类自己都不知道,只有在环境等因素影响逼迫下才能发挥出超常的水平。李广射虎就是一例。因此,只有对自己严格要求,"修身、养性"才能达到马斯洛的"最高体验"。从学做圣人,到不断地挖掘自身的巨大潜力,不断地完善自我,从而向完美接近。这样我们的人生质量也会提高到一个更高的层面。

一个人思想境界的开阔,会让其受益无穷。人的一生应该是不断走向成熟、接近圣人的一生。那样,即使死亡来临,也无悔了。

因此，学习上进是一辈子的事，不断成熟是一辈子的事，学做圣人是一辈子的事。只要有这样的认识，一切安身立命的手段都会变得有意义起来，生活也变得乐趣丛生，生命的质量由此不言而喻。

2011 年 9 月 9 日

"阅读"的好处

李达伟在《世界的世界》借他做过牧人的姨爹口吻说：牧场是一个远离喧嚣嘈杂乖戾仇恨报复的世界，那里适宜放牧饮酒阅读思考。无论他在哪个世界，阅读已经成为一种习惯。

梁晓声在回答大学生们关于"阅读的习惯对人的好处"这个问题时强调，"阅读的习惯可以使人具有特别长期地抵抗寂寞的能力""人一生中最忠诚的朋友其实是自己"。人在孤独和寂寞时只能靠自己，阅读所积累的思想会让自己在寂寞孤独时反刍出新的东西来。

余秋雨说："阅读是唯一摆脱平庸的办法。"

李汉荣说："读书的最高境界是为灵魂寻找居所和房子。""读书的人除了生活在'当下'这个世界，他的内心里还有另外一个更加深邃辽阔的精神世界。"从这一点上说，有"书卷气"的人远比有"市侩气"的人富有得多。李汉荣还说,"一个人通过读书,可以和更久远的、已经消逝了的时间建立联系,把人类数千年、数万年的生命时空纳入个体的生命时空中,这样,他生命体验的密度、深度、高度和强度就无限地增加了,他的一生里度过了十次、百次、千次人生。"

我欣赏李汉荣的这种说法。一次朋友问我:"你认为阅读有什么好处?"我基本就是套用李汉荣关于读书的好处回答他的:"李汉荣说读书的人比不读书的人多了一个世界。读书可以让我们不只活在世俗这个世界,更可以让我们穿越上下五千年,纵横八万里,与古圣先贤对话,与世界名人交流。阅读开创的精神世界,可以完成对现实世界的救赎,孔明说'人生多苦难',我们凭什么可以鄙视甚至打倒苦难?唯有阅读,阅读能让我们和这个世界和解,从而愈挫愈勇,变成一个看似温和的斗士,变成一个以柔克刚的恬静之人。"

那些当下看似活得很精致的利己主义者,套用孔明先生那句"对不看微信朋友圈的人来说,一切繁华都不存在",他们也体会不到真正的读书人精神世界的辽远与阔大。"夏虫不可以语冰",读书的人拥有雪花的美。

读海明威,你会懂得人可以拥有硬汉气魄,困难面前不畏惧,长风破浪会有时;读苏辙,"早岁读书无甚解,晚年省事有奇功。"读书的奇妙,谁读谁知道。所以当我常常在中年的今天后悔年少少读书的时候,余秋雨又给了我安慰:"我觉得一个人最佳的读书状态大多产生在中年以后,因为只有历尽沧桑的成年人才知道,活着自身生命的质量最重要,生命的质量需要锻造,而阅读是锻铸的重要一环。"我靠阅读又一次让我的心魂恢复了平静。

当然生命有限,读书有限。所以我们尽量读好书。何谓好书?余秋雨说:"茫茫书海中,只有那么一小块,才与你的生命素质有亲切的对应关系,要凭着自己的人生信号去寻找,然后由此及彼,扩大成果。"

而我想嫁接一个煽情的句子:于千万书中遇见你的好书,而书会成就更好的你。

2018 年 4 月 23 日

/读书/

施而不奢，俭而不吝

"施而不奢，俭而不吝"，这句话出自《颜氏家训·卷一·治家》第五篇。开段作者就引用孔子的话："奢则不孙，俭则固；与其不孙也，宁固。"翻译成今天的话意即："奢侈就显得不恭顺，简朴就显得鄙陋；与其不恭顺，宁可鄙陋。"面对当时社会上愿意施舍的却也奢侈、能节俭的却也吝啬的现状，颜之推为他的后人提出：俭省节约以合乎礼数，但还能对穷困急难的人以最大限度的救济和帮助，即"施而不奢，俭而不吝"。

"施而不奢，俭而不吝"，在当前"传承经典家训、传播良好家风"的社会背景下，太有其积极意义了。

狄更斯说："这是一个最好的时代，也是一个最坏的时代。"改革开放四十多年，我们大部分普通家庭在物质上都取得了从未有过的富足。因此，对于子孙的教育，如果没有自己的主见，只被动接受娱乐媒体导向的影响，没有良好的家风家教，用生命溺爱孩子，更是人类的悲哀。

娱乐喧嚣，从另外一方面也说明国家强盛，人民富裕。倘若此时传统家风回归，大力引导中华传统文化诸如诸葛亮《诫子书》、姚崇《遗令诫子孙文》、包拯家训、颜氏家训、朱子格言、曾国藩家书、郑氏规范、谢氏家训等等，都将有助于当前浮躁的社会沉淀下来。因为家训，对家庭、家族成员的修养、品德、作风的形成有极其重要的作用。家庭是社会的最小单元，是社会的基础，家风的好坏对社会风尚有着最直接的影响。

好的家训，形成好的家规家风。家风正，则族风正，民风正，国风正。

2022 年 1 月 20 日

/ 读书 /

吴文莉《黄金城》的反脆弱性和善的引领性

我是在腊八节那天才收到《黄金城》一书的,当我看到"毕成功一个多月前过腊八节才去看过娘"这句话的时候,心里隐隐觉得这本书和我有缘。世间的书太多了,能和某本书有缘相遇并被深深吸引,是造化和幸福。而造化总是在默无声息地累积后爆发显现出来,一如作者吴文莉老师。

2011年年底,西安作协一行四人吴克敬、杨莹、吴文莉、奚敏洁到临潼看望诗人杨芳侠,我有幸作陪,由此认识了吴文莉老师。

当时的场景还历历在目,尤其吴主席说他年轻时在老家西府发明吸风灶、炉子炕的事,我对吴老师扑闪着大眼睛安静地倾听的淑女形象印象最为深刻。那个时候,只知道吴老师是画画的,所以就草率地以为吴老师不多说话是隔了行的谦虚。

2012年北京、山东、陕西等几家卫视热播《叶落长安》,作者竟然是吴文莉老师,百度才知道,小说在2007年已经出版,当年就获得"中国类型原创图书TOP10"长篇小说类图书第二位,后来多次加印。我为我的无知感到羞愧。

但这种羞愧并没有影响我的骄傲:每当看到有人在追电视剧《叶落长安》,我都想告诉他,作者是我的文友。看着吴老师随后的《叶落大地》《黄金城》一部部长篇问世,可知她安静地进行了多少艰苦卓绝的走访和写作。

《黄金城》是一部主人公毕成功的奋斗史和成长史。

毕成功七岁时,因为母亲被陷害成反革命,他们家被遣返回到了父亲的河南老家——沙村。父亲的地盘上,父亲一个人过起了幸福生活,他和母亲及三个哥哥却过着占村人口粮的痛苦日子,村里人都仇恨他们。一家人往往吃了上顿无下顿。这样的境遇下,相比于大哥将这种结果怪罪于母亲的无能和窝囊的时候,七岁的毕成功开始了拾破烂贴补家用,竟然让一家人活了下来,更在避开沙村的县城卖冰棍,让日子不再艰难。只是生活总是这样的阴差阳错,村长带人去抓他偷豌豆的大哥毕成立时,却发现新大陆似的发现了骑着自行车回来的毕成功,于是毕成功尝到了母亲六年来在戏台上挨的打骂和数落。"黑将军"为此被村人杀害,自行车被砸成一堆碎片,被哥哥们架回到炕上的毕成功躺了两天,终于做出了他人生中最重要的一个决定:离开沙村。

十四岁的毕成功决定半夜扒火车去西安,因为西安不仅是生他的地方,更是他在沙村七年穷寒岁月里的精神支柱:那里有那么多的好吃的等着他,那里有能讨生活的全部,那里是一座黄金城。

终于到达西安城,却无吃无喝无地方住,连着几天游荡,睡露天觉，吃垃圾堆里的东西，饿得快要死的时候，碰上了老高和老秦，直到在孟寒雨家门道找到睡觉的地方，黑市换来粮票解决了吃饭问题，碰见了老关奶奶，一如当年在沙村县城碰见的麦花奶奶一样，都给了他人间温暖，而北关老两口卖给他的旧爆米花机，更是给了他源源不断的挣钱机会，再也不用去太华路有一下没一下地拉坡了。

时局变化，一下到了1977年，母亲刘兰草平了反，一家人都回到了西安。只是房没了，刘兰草和儿子们商量规划未来：老大毕成才要去开封丈母娘家落户，老三毕成立说他父亲在沙村等他继承房子和家产，剩下老二毕成钢和老四毕成功，刘兰草才把她原来单位的正式工指标说出来，毕成钢成了正式工，住进单位宿舍，毕成功和他娘在孟家门道住了三天后，去方家村租了个夹缝之地，从此有了家，从此炸油条、炒花生、串糖葫芦，日复一日，年复一年，就这样奋斗了六年多，那本《辞海》早就装不下他所挣下的钱了，1983年他就成了万元户，而这一万元是他靠进西安城装的那三十块钱生的，准确地说，是他六年来每天不辞辛苦地挣来的，终于在龙首村买了一个院子。他是看上了这个院子后面的机械厂，开后门摆夜市，带动芳草巷成了夜市一条街，生意正红火的时候，机械厂收了地方，怎么办？学做冰山汽水，西安市夜市除烤肉外最挣钱的生意。想办法、钻空子，只是它的需求有季节性，一到秋天，毕成功又开始琢磨新的挣钱门道了，老人都说，你想啥啥就来。

老大毕成才来了，他想开工厂挣钱，却给毕成功提供了一个倒卖的挣钱门路。毕成功更加如鱼得水，电子表、各种服装，很快他的资本已经累积到40万，够拿下国营东方服装店了，他还创立了独领风骚的"金达",自己也成了西安市名人。这是1988年到1997年,这十年他挣了一个亿。但他辞职了,目光盯在了西高新,成功转型为房地产商,他的大侄子毕庆勇又给了他机器人的市场信息……

西安城的确是毕成功的黄金城,毕成功的成功是用金钱来衡量的,那种从无到有,从有到塔尖,毕成功只要用心、努力就能做到。他一次次的蝶变,成为大家仰慕的对象。而这样的人物,看看我们周围,好像就能发现他们的共同处:小时候穷得没衣服穿,长大后坐拥上亿资产。

这种对现实的观照,还体现在:我们身边也不缺他大哥毕成才那样戾气一身的人,他大哥那样努力挣钱、深陷股市不能自拔的人;不缺毕成功那样自己成功,却遗憾子女不成器的人;不缺他母亲刘兰草那样因生活所迫改变形象、让人觉得难缠的人;更不缺他三哥毕成立那样好吃懒做、城市化上了楼、却再无挣钱能力的人。这种不确定性是毕成立的劫难,却恰恰是毕成功人生的推手。每次断了的财路经毕成功观察、分析、决断都会是一次新的机遇。

也可以说,毕成立就是那种拥有脆弱性的人,依赖的东西一变化,他就只有被淘汰的分;相反,毕成功的埋头奋斗和积极作为,让他拥有了反脆弱性,所以他的人生处处显得占尽先机,其实都是他自己面对每一次变化,想办法应对出来的。文中的孟寒雨也是,爱人小林有才有貌却甩了她,就连她根本看不上的毕成功都欺骗了她,她快刀斩乱麻,奋斗到上市公司的老总,都是拥有了反脆弱性的成功案例。

所以一个人在困境中愿意想办法、找出路,又愿意积极下苦功，他就拥有了反脆弱性，也就会一次次蝶变，这就是最正能量的现实观照和对读者的引导。

说起善的引领，"刘兰草"这个名字寄寓了作者最朴素的美好愿望，兰草在中国文化里被喻"花中君子"，又被称为"国香"，所以刘兰草的形象是中国农村妇女的代表，自带传统文化善的基因，却在荒芜险峻的漫漫荒野里杀出一条血路来，必须"蝶变"，才能在沙村生存下来，在西安城里安顿下来，此时内心的善比较隐蔽，直到毕成功成功跻身有钱人，她才把内心对于"黑将军"的愧疚，回报给村子里、小区里的流浪狗、流浪猫，甚至为了它们甘愿回到村子，把院子做成狗狗们的收容所。

看到她出头赶走孟寒雨，让他最爱的儿子失去了活着的意义，我才清醒地认识到，她应该是个慈祥的老太太，如同小说里每次提到的老太太一样，慈祥是她们共同的标签。即便是很厉害的时候，也不忘给毕成功提醒：你挣钱记得给别人也留点余地挣钱。可能就是这样的善，才使得毕成功被老高骗走 1500 万后，获得了老马的极力相助。

老马是善对善的回报。帮助别人就是帮助自己，只想自己挣钱的生意是孤独的，也必定是失败的。生意要做得更大，发心和情怀很重要，情怀显于行，发心藏于心。情怀就是心情、心境，爱挣钱的心情很好理解；发心说白了就是善。悲悯信仰，仁厚发愿。

这就是文学的力量，向上向善，引导我们努力拼搏成就自己，引导我们温暖感恩回报家国。这也是吴文莉《黄金城》给我的最大启示。

2021 年 1 月 25 日

读薛耀军《师者匠心》的收获

几年前，几个教育系统文友在一起，有人提到临潼教育系统具有人文情怀的校长，我只记得他说了薛耀军、骆营部两个名字，在座的无不点头同意。当我读完合上《师者匠心》的时候，脑子一直再现当时大家认可的这个提法。

《师者匠心》正如它的副标题所表现的主题一样：中学教育行思录。主要汇集了薛校长从相桥初中开始作为学校管理者这一路走来对于中学教育的思考、实践和创新，以及每到一个学校，面对学校发展的问题、瓶颈俯下身子、努力进取积极探索的身影和足迹。

面对教育教学的各个方面，他都有自己独到的思考及思考下创新的理念。给我的第一震撼，来自薛校长对于教育的激情，这种激情贯穿于他工作的始终。无论在哪个学校，他总能从很高的站位上思考教育，因而面对我们的职业倦怠，他提出"立德树人"的高度，而不是混工资的市侩活法。

激情源于爱。热爱国家，热爱人民，热爱脚下的每一寸土地，所以薛校长热爱工作，热爱他所从事的教育事业，也因此才会有工作中的这些思考和收获。

爱学校，每到一校，便从学校的周边环境开始了解，进而努力争取改变学校的硬件设施和软件设施，使一个个农村学校缩短与城市学校的差距，他尽自己最大的努力为学生创设良好的学习环境，只要你认真读这本书，就能感受到他的赤诚和汗水。

面对马额中学的现状，他说，我们要利用势来造势，在当年新课改如火如荼的形势下，他提出"高效课堂"，教育系统应该都还有印象，这本书里详细记述了当时的情形和他带领马额中学教师们所做的努力。这种提法很明显也是他思考"教育应该往何处去"的一个结果。教改整天喊减负，提高效率是唯一的好方法。我们常常说又好又快，说的不就是效率吗？事情任务早早完成了，剩下的时间不就是自己可以自由支配的美好时光了吗？不就是薛校长提的幸福生活的来源吗？

面对雨金中学的招生现状，他想出"1+3"的高考模式，说明成才的道路千千万，用"北体"的成功案例说明了他从事教育乐于思考、善于创新的美好愿景得以实现的喜悦和"不放弃终成功"的圆满。

爱教师，面对不同学校教师共同的问题——在喧嚣社会中找不到自己的价值、惶惶不可终日的现状，他提出：难道教育的本质就是既让学生痛苦，又让教师痛苦吗？很明显这不是教育的本质，所以薛校长一再在不同的场合里表达了同一个观点，那就是"教育是为了让我们更快乐、更幸福，拥有更有质量的生活"。他提出"悦纳"二字，"悦纳职业、悦纳学生、悦纳自己、悦纳生活。"薛校长说得多好啊，拥有良好的心态才是我们幸福的前提。人生不如意十之八九，只有常想一二，我们才能在荆棘丛生的生活里拥有前进的无穷动力，因而当我看到他说"我希望我的同仁师德高尚、学识渊博、爱岗敬业、视生如子"的时候，我感觉到了他的赤子情怀，更加深信文友们的看法就是临潼父老乡亲们的看法。口碑永远胜过奖杯，因为口碑是无价的。

爱学生，他提出让老师"视生如子"，是因为他的教育理念里充满了对学生的爱，文中常常提到，每个孩子出生时都是一张白纸，为什么画着画着颜色、密度、整体的效果图就千差万别了，首先是家长的问题，其次是我们老师的问题，我们不应该把任何事情都归咎于社会大背景。"我们每个孩子都是一个伟大的个体。"这一个个体生命来到世上，是否发挥了他的最大价值，全在于青年前期家长和老师们的引导，他不失时机地用"舟舟"的例子说明一个四岁智商的孩子能成长为"天才音乐指挥家"，都是因为爱。"爱是可以改变命运的。"这些温暖的句子和例子都出自薛校长对于教育的热爱及他浓厚的人文情怀。

正如他文中所说："人必自助而后天助之。"所以，他因为爱获得了很多声誉和荣誉，但是他依然很平静，工作之余，他喜欢看书，除了这本教学专业书籍外，听说第三本诗集已经交付印刷。他身体力行着"读万卷书行万里路，然后做天下文章"的君子之乐，他用儒雅自信诠释着君子风范。

这本书作为专业书籍，肯定少不了作为演讲的政治高度，但却时不时地蹦出文学的影子，大量的引用不仅增强了说服力，更说明了薛校长本身的文学积累和素养。像"工作即修行""定位就是人格""优秀是一种习惯""成功的人是相似的，而不成功各有各的原因"等等；在说到教研重要性的时候，他举例说明"教研就是厨艺，厨艺越高，食物本身的味道和调料才能高度融合，才能让食物发挥最大的营养并且更可口美味"。讲学校发展的瓶颈，他提及中医疗法做比，说要培植元气，扶植正气，辨证施治……这些都可以让读者感受到薛校长兴趣之广泛，眼界之开阔，生活之有趣。一个有趣的灵魂，才会引导他的学生说："还有一种生活叫高尚，在等着你们呢。"

要说的太多了，近450页的书，不是我用两千字就能说得明白的。所以我想还是抛个砖就行。这本书，很值得我们去读，"我们"在这里既是教育系统的同仁，书中所展现的教育情怀让你能重新振奋精神，找到价值所在；"我们"还是家长，书中的教育理念能让你在教育自己孩子的时候有个思想准备，至少能让你少走弯路；"我们"更是学生，面对所有有益的书籍，我们都是学生，学然后知不足，然后才能取长补短，不断进步。

想起我刚参加工作时在一次师德演讲中，套用白岩松《人格是最高的学位》一文中的话做我的结束语："我们首先要成为一个优秀而大写的人，然后成为一个优秀而大写的教育者，再然后成为一名优秀的大教育家。我知道这条路还很长，但我将执着前行。"这么些年的混沌芜杂，我几乎已经忘了曾经有过这样的思考。

当我看到《师者匠心》的时候，我才想起来我这些年在工作上为什么觉得日子无望,幸福无着。

  我们何其有幸,身边就有这样拥有人文情怀的教育前辈,就有这样满怀教育热情的文友,就有这样学者型、专家型的校长。学习永无止境,《师者匠心》值得学习。

2020 年 5 月 11 日

/ 读书 /

杨芳侠《看不见的舞者》读后

我在有限的时间里把诗集《看不见的舞者》三百八十三首诗歌一一拜读涵泳之后,即便很多篇目都不能确切理解它遥不可及的深度和高度,但还是被芳侠姐诗歌里面流露出来的大爱大美所折服,也因此感觉到自己精神世界的升华。

这样的升华首先来源于诗歌中多次出现的意象:包括雪、麦子、太阳、火焰、青鸟、燕子、玫瑰和向日葵。不管是白里透着蓝的含有孤独的雪粉,还是晶莹如冰的雪花石,抑或充满爱意的金雪,都给人纯净得不含杂质的感觉。像《年轻时候的每样事物的单纯存在》,我读到了这事物的让人熨帖、让人温暖的功效。麦子不管是金黄的还是沉默的,抑或是呼喊的,或者拥有针尖似的麦芒的,它让我明白了只有富实才能幸福的道理,领悟了来自高远澄澈心灵下拥有的非常辽阔,以及像针尖的麦芒的不屈。诗歌里不止一次赞美太阳，崇拜太阳，让我理解了无论现实多么阴暗，终抵不过内心拥有阳光。我看到了一颗烈焰焚烧也改变不了的诗意生活的安顿的心，看到了"燕子"即便听从命运的驱使，但那种隐忍的人格更加耀眼。玫瑰的芬芳，氤氲着勤奋的舞者，让人备受鼓舞；向日葵的专注，如同我们对父亲的敬仰和永生的力量。

其次来源于诗歌色彩的特点，景色更多地呈现白、蓝、金黄。让我明白诗人内心的纯净和忧伤以及希冀，并因为纯净的心和混杂的世界猛烈冲击下的忧郁的蓝、悲伤的蓝、孤独的蓝。以致我在《白纸竖起的绝望》中看到了在理想和现实中，诗人坚毅地认定了自己的人生方向，那就是只有诗歌才是她快乐的源泉。即便现实如一只《蟹》那么霸道，她也清醒在《晨光，那青色的箭矢》里。《从被蜜蜂吻过无数次的额头》上，我仰望到了一个肉体的人走向至高精神境界接近神的可能。这种可能让我们的诗人有了非凡的高度，那种高度在诗人的心里有着世人不可触及的锐利。她之所以有那么多蓝色呈现，就因为她的高度，让她孤独在《枣花落》的音乐里，让她"高处不胜寒"。没有尘世的喧嚣和热闹，只有高处的孤独、悲凉、荒凉，更有不被理解的哀伤。所以她大声呼喊金黄的麦子，金黄的太阳，她设想做一株麦子和满地的麦子一起幸福地享受金黄的太阳所给予的普遍温暖。当诗人《看见小鸟欢快地啄食米粒》时，她自己更愿意做这样的金黄的太阳，充满了爱心，把自己如金黄的太阳般的仁爱洒向万物。

当然，这样的升华也来源于诗集主题的丰富多彩。所以我从诗人的《悲伤》里读到了积极进取、勤奋与哲思；从《我的果实我的太阳里》明白了人生关注过程比结果更有意义；在《太阳垂下华美的帷幕》后看到了最美的人性；对《草帽》上的亲人的疼爱和怜惜；《菊花还在雪下燃烧》告诉我们亲人的坚强、倔强和希望；《致李云》的文人的惺惺相惜；《空巢》的坚韧和坚持；《成熟》后的收获胜过一切美丽的语言；《秋天的重》在于丰收的真实。她还告诉读者《当前最重要的不是烦躁和厌恶》，是理智和冷静后等待的《奇异的事情总会发生》，《从此，我不再经过你的城》涅槃之后，诗人终于把自己的心写亮了。

所以当《喜鹊在枝头》时，有朋自远方来后，诗人的快乐、光亮、幸福溢于言表。我真希望诗人有更多这样的时候，那样怀旧就少一些，遗憾就少一些，伤痕就少一些。哪怕有《玫瑰殇》，那也是作为小女子内心细腻的小幸福。希望幸福更多地眷顾在姐姐身上，因为你那么有能力把平凡甚至琐碎的生活诗意化，你的生活也会因了你诗意的翅膀而更加闪耀和辉煌。

在这个物欲充塞的当下，芳侠姐是一股难得的清泉。诗集里面呈现的诗人是一个坚毅、善良、勤奋、阳光、理性又不乏生活情趣的人。芳侠姐身上聚集了传统中国文人所有的优秀品质。

因此，我想说，在临潼这样的美丽小城，如果你有幸发现这样一个自觉的诗人，如果有幸读到她的诗歌，这本《看不见的舞者》，你就有可能找到抚慰心灵的句子。

2012 年 4 月 29 日

薛耀军诗集《白杨絮语》印象

最开始听说薛校长的新诗集名为《白杨絮语》，很是疑惑，想起前三部诗集：《走在自己的路上》《菩提树下》《等待春天》，名字要么诗意要么禅意，为什么这本诗集以乡下常见的"白杨"为名，读完，才理解了它的深刻意蕴。

"白杨"这一诗歌传统意象从汉乐府开始，就被赋予了悲观落寞，或者对生命畏惧等含义。直到我们熟悉的课文《白杨礼赞》，茅盾先生在1941年用它象征当时"坚韧、朴实、勤劳、力争上游的北方农民"，重新赋予白杨积极的意义。1984年阎维文演唱的军营歌曲《小白杨》，成为官兵们扎根边疆、无私奉献的象征，诉说着老百姓对边关战士发自内心的赞美。

"意象作为诗歌的基本符号，它是诗人世界观的综合体现。"而诗人薛耀军从小时候面对"质朴、挺立"形象的白杨，就喜欢上它的"俊逸和刚毅",这份喜欢一直深藏于心,当48岁的他再次与形象的"白杨"相逢,那份喜欢在朝夕相处中,升华成了"诗人""哲人"和"君子"的象征,完成了对经典意象的最新呈现。

"办公室门前的六棵白杨"(《没有了学生的校园》)、"窗外,白杨树见证了岁月的沧桑"(《办公室里的君子兰》)、"满含深情地看着楼前的排排白杨"(《和自己进行一场清凉的对话》)、"吓得迅速蹿上白杨树,折一捆树枝树叶回家交差"(《童年里,没有冠状病毒》)、"我犹豫是长成你窗前的小白杨日夜守候你呢,还是长成蒲公英成为你的一项桂冠"(《五月间遇到你》)。这些诗句中的"白杨",可以是原型的或者叫形象的"白杨",现实中作为作者生活工作的见证者;更可以是意象的"白杨",隐喻着作者的理想和追求:诗人、哲人和君子。

这部诗集的诗歌大体可以用三个隐喻来解读。蓝棣之先生说:"解诗是很冒险的。"冒险的事值得不值得做,知乎上说,如果你已考虑好,能够承担最坏的结果就值得。

《白杨絮语》中,诗人样子的"白杨树","在寒风中,忠肝义胆,绝不屈服于权贵"(《窗外,寒风中的白杨树》),诗人在《中年的自己》里"活出踏实,勇往直前";在《诗的哀伤》里认为,"任何卑微的种子,都有春天的希冀和成为森林的热望";在《夜读哈代的诗》里,为哈代的纯粹叫好;在《突然间的自我》里,一念"向上的力量",摆脱现实中"无耻的阴影","高尚"和"独一无二"横空出世。

"诗人"这个隐喻中心语当然首先落在"人"上,是人就得"白天归顺生活,夜晚臣服灵魂",必须有现实的自己和真实的自己的双重呈现,所以面对现实的困境,诗人薛耀军就能面对《提拔》,认为《表演》和《复活》都《不如归去》,不如在《诗和远方》"活得干净明亮踏实、饱满和谦逊",这种现实里的疼痛,通过诗歌形象化的语言,传递出坦然和忧伤,以及通过诗歌疗愈的效果。

当然诗人的个人情感表达,包括对父母的愧疚,对姐姐的依恋,对女儿的期望,对爱人的深情,甚至对自己的定位,都借助于常见的草木意象——门前的大槐树、家乡的麦田、玉米、谷穗等来表达,这些熟悉的物象,被作者寄寓了亲切、质朴、谦逊和许多美好的品质,给读者留下了深刻的印象。

哲人样子的"白杨树",以一种"生命的原生态,接近真理",《夜食者》中的清醒,《今天放寒假》里"不留恋、不回头"的"把握当下",《天下无病》里的舍得、放下、不执拗,甚至思考明白《口腔溃疡是一种馈赠》,于是和自己和解,留下精力思考《生活是否存在本质》,由眼前的《小区里的老男人》表达对未来的担忧。

作为君子的"白杨树","书生意气",挥斥方遒,指点江山,激扬文字,所以即使作者还囿于《原点》,也能突围出肝胆忠义的浩然正气;即使《人在上班途中》,也从"不后悔身怀道义,肩负使命"。

当然,很多时候,诗歌呈现的诗意哲思化,将两者巧妙融合,甚至三种隐喻同时出现都有可能。因为《白杨絮语》里时不时地表现出诗歌的干净和纯粹,以及迸发出的原创活力,都源于普通日常中个人的感觉和情绪,只是作者善于捕捉微妙的心理变化,自如地以诗歌形式来进行文化呈现。

这种呈现,无论成败,都足以佐证作者是一位有热爱心和进取心的诗人。这种热爱还显示出作为诗人的柔软、哲人的温暖和君子的悲悯，这些都让诗歌所构建的沉重具有了美学意味，当然诗域的广阔宽泛也稀释了这种沉重，所以读者更能体会诗集内容的丰富性和多变性。

作为一种抒情言志的文学体裁——诗歌，最能彰显艺术创作的"藏而不露"："用意十分，下语三分。"诗人在诗中刻意地屏蔽了很多情感波动和信息，目的在于让读者去意会，甚至说他根本没有去考虑读者，他只是在用自己的方式表达，所以解读就显得更加个体化了。于我，也显得更加忐忑了；于你，读了才知道。

2020 年 12 月 26 日

《大红灯笼高高挂》的人生启示

一回头,我已经参加工作十八年。这十八年来,换过几个学校,无非是为了到县城。如今这所谓的县城教师也当了十一年,而我这初级职称的身份依然没有改变,即便同龄的早都脱初了,低年龄的也在一批批"升职",只是这"升职"于我总是绕过。

绕过就绕过吧,也或许还有和我一样的呢。这很明显是一句阿Q精神的自我蒙蔽,蒙蔽就蒙蔽吧,只要我高兴,有钱难买我高兴。

说到高兴,我真得感谢苍天,感谢神明,让我及我的家人朋友安康,这是最大的开心之处。当然,我毕竟也是吃过四十年粮食的人,绝不仅仅满足于安康,或者说,遇见不开心的事,我能让自己迅速开心,这最主要得感谢我自己的脑子,我能想开,不会不和自己和解。

/ 读书 /

和自己和解,让自己平静,这得感谢书籍。那么多的书让我明白,人生苦短,韶华易逝,每个人都是这个世界的过客。既然是过客,生前的熙攘,都会成为云烟。好似扯得有点远了,那我们就说生前事。

电影《大红灯笼高高挂》改编自苏童的《妻妾成群》。前者名字很诗意,后者名字很大男子主义,但看了内容你就知道活着很不易,电影里说的是女人,却折射着大千世界的每一个熙攘者。

电影讲述了民国年间一个19岁的女大学生颂莲(巩俐饰),因家中变故被迫辍学嫁入江南某镇城堡一样的陈府,成为陈老爷的四姨太。嫁进去就认识了大太太毓如、二姨太卓云和三姨太梅珊。

陈府有个很特别的规矩,陈老爷要到哪房姨太处过夜,该姨太房门前就会高高挂起两长串灯笼,电影名字就由此而来,意蕴丰富。当然若犯了家规得罪老爷,就会被"封灯",用黑布套包上红灯笼高高挂起,以示不被恩宠。

年轻漂亮的颂莲一入陈府便卷入几房太太的明争暗斗中,就连梦想成妾的丫鬟雁儿也对她充满敌意。逐渐失宠的颂莲为了争夺大红灯笼在屋院的长挂,竟假装怀孕。但雁儿为她洗衣服时发现了真相,并将此事密告给二姨太卓云,颂莲被"封灯"。在雁儿告密之前,颂莲就发现雁儿私藏旧灯笼,原本打算保守秘密,当她发觉雁儿是告密者,便将此事揭发出来。雁儿跪在雪地上却始终不肯认错,最终死去。

雁儿的死令颂莲精神恍惚、日渐消沉,经常借酒浇愁。一次酒醉后,她无意中说破了三姨太梅珊与高医生私通的秘密。梅珊于是被吊死在陈府阁楼小屋中。颂莲精神崩溃，成了疯子。第二年，陈府又迎来了第五房姨太太，疯了的颂莲穿着女学生装在陈府游荡……

其实普通人面对时代，面对权势，面对一切不可抗拒的力量，都一样。电影中二姨太阳奉阴违，两面三刀，背后动作，逼疯了四姨太颂莲，逼死了三姨太卓云，以为就可以得到永远的恩宠，没想到陈家大院又迎来了五姨太……

之所以用省略号，娶不娶六姨太、七姨太、八姨太、N姨太，那是陈府老爷说了算的事，任何妻妾任凭年轻美貌，任凭玩心思，耍手段，施毒计，都成不了人生赢家。

权力之下，没有赢家。因为你要么舍弃自尊跪舔权力，要么为了自尊蔑视权力，却得到更惨的下场。权力就是影片中的陈老爷，陈老爷的喜怒哀乐是陈府中人幸福的标准。陈老爷因谁高兴，下人就会点亮谁屋院的灯笼。

相比之下，只有大太太明白世事，枯槁的老身投向佛事，换得内心的平静，却不忘和儿子牢牢掌控陈家的经济命脉。或许，人只有历经万千人事，心为形役，身心枯槁才能想明白人生。

争能争取到的东西，不拿自己的短板和别人的长板比。所以，大太太稳坐大太太交椅。其实，我想人活着，或者我开心，是因为我想得通，我不但不能拿别人的长处和自己的短处比较，去理论公平之事。更明白我得把人生有限的时间用在自己可掌控的长处上，用在取长补短上，如果自尊不允许我看上别人的长处，我宁愿自己的短板永远短着。这世界可以有通才，也可以有专家，更何况哪有处处是赢家的人生呢？

我们奋斗终生，都是黄土一抔。这一点上，人人都是公平的。所以把日子拉长了看，没有人是赢家，苦难人生，不只给头脑简单的人总结；幸福人生，也不只给头脑灵活的人总结。那是一个大数据。每个人的人生都是分阶段的，苦难总会有，幸福也会有，我们总在一个个小幸福间经历着、解决着一个个小问题，消解着一个个大苦难。

因此请相信人生是螺旋上升的，无论有着怎样的奋斗历程，是捷径还是弯道，捷径快，路上的风景就少了些；弯路慢，路上的风景就多了些。想得开，人生就是赢家，哪怕眼前的熙攘于你无任何公平可言。如果事与愿违，请相信上天在另一个地方已经给你做了更好的安排。只要你愿意，只要你努力，只要你把时间用在你认为可掌控的真善美上。

2020 年 4 月 27 日

行走的意义
——高建群《丝绸之路千问千答》读后

记者成锦打电话，说高建群老师送我一本书，让他捎回来。我很激动，终于和老家走出去的大作家有了联系。高老师在《等风来》一文中写道："渭河这一段流程，从新丰镇往下，南岸老崖上密密麻麻地堆满村子。湾李马村、樊村、胡村、刘村、赵村、南阳村、北阳村、季家、季堡、东高村、西高村，往下还有圣力寺村、马军寨村，可以一直铺排到潼关地面。"我的村子就叫刘村，他的村子就叫高村，自小，"高建群"三个字常常被伙伴们津津乐道，并以其为荣。

当成锦先生将《丝绸之路千问千答》一书放在我面前时，我惊讶于这本书的厚重，当我几乎用一个月的闲暇时间攻读它时，它为我打开了一个长久模糊的、辽远广阔的中亚版图；为我提供了很多不曾涉猎的历史、文学、宗教；为我调度了从张骞开始"凿空"的丝绸之路上驻足的班超、行走的法显、布施的鸠摩罗什、取经的玄奘、迂回的徐松、探险的斯文·赫定、让人惊心动魄的成吉思汗和跛子帖木儿，延展前后的霍去病、左宗棠，这些都提升了我的认知和看世界的高度。

1

翻开《丝绸之路千问千答》（以下简称《丝绸之路》）一书，仿佛是跟随一位学识渊博的导游，从长安出发，进行了一场说走就走的旅行。这本书堪称世界旅行文学的经典，至少于我是一次从未有过的阅读体验。

广阔的中亚版图是"丝绸之路"串起来的，是张骞始通西域及行进在这条道路上的匆匆背影们用他们的双脚丈量出来的。法显《佛国记》载："上无飞鸟，下无走兽，遍望极目，欲求渡处，则莫知所拟，唯以死人枯骨为标识耳。"

阅读时，我一直在想，要是手边有个世界地图就好了，高老师走过的、记录的、文学史上不断跳出的敦煌、玉门关、阳关等，就清晰明了了。从这本书里第一次知道，现代学者将丝绸之路分为三段，而每一段又分为北中南三条线路。东段中线作为丝绸之路的主要通道，霍去病以后，一直处于中央王朝相对有力的管控之下，由此淡化了东段南北线的概念。中段南线，进入过去称为侠义的西域版图，阳关以西、葱岭以东的区域，其范围和今天新疆版图差不多。过去，这里有很多今天已经消失的古国：楼兰、鄯善、于阗、龟兹、焉耆……这些古国留存在历史的云烟里，和班固一起活在中国历史里。西段三线与中段三线相接，其版图从葱岭往西经过中亚、西亚到达欧洲。

《丝绸之路》将高老师此次亲历的地方归类梳理成中国篇、中亚篇、欧洲篇。高老师以他67年的脚力、半个多世纪的眼力和不可多得的思想魅力，采用广角和聚焦的特写镜头，以闪耀着中华民族关注人类共同命运的激情光芒阐述着这一人类历史上沟通交流的大动脉、大道路。

他在文中提到，因为中亚西亚夏天奇热冬天奇冷的气候特点，决定了这片荒漠草原上的二百多个古游牧民族，以八十年为一个周期，或者涌向世界的东方首都长安，或者涌向世界的西方首都罗马，他们以这种方式向定居文明、农耕文明、城郭文明索要生活空间。

高老师认为，人类行为从来就是环境的产物。中国古人不明白这个道理，过去年间我们的视野有限，因此就想不通为什么游牧民族要越过长城线，对我们农耕文明地区进行侵略。历史上我们一直称他们为"胡人"。"胡人不敢南下而牧马。"我的小儿从幼儿园开始，动不动就高亢地手势一番"但使龙城飞将在，不教胡马度阴山"。

高老师又说，"如果我们能够把整个东方历史和西方历史贯通起来看，就明白了像格鲁塞说的那样，这二百多个游牧民族，让整个欧亚大草原就像开了锅的水一样，沸腾起来，向左右的富庶地区索要食物。"

再摘录一段高老师如诗的语言吧：所有从草原过来的游牧民族，我们不知道他们是些什么人，也不屑于探究他们是些什么民族。我们只知道他们长着长胡子，骑着马，就从我们的家门口，就从我们的庄稼地里风一样地过去了，他们呼啸而来。剽悍好战。对他们的民族我们不甚了了，后来又统称之为"胡人"。"人是大地之子，是环境的产物。大地诞生了他们，环境决定了他们。"

前几日，作家方英文先生在其朋友圈借高建群老师的话，给张艳茜老师支着：在陕西谈文学，你就随大流只夸柳青路遥陈忠实贾平凹好了，不要捎带夸任何人。给的理由是高建群老师的自评：我不属于陕西，我属于全人类。

如今人类命运共同体理念时代价值更为凸显，高老师是走在前沿的人。

2

我们常常惋惜"南宋以后无华夏"。高老师在文中却高屋建瓴地说，这不是一个王朝的悲剧，是整个农耕文明的悲剧。高大威猛的东方民族，到了南宋王朝，已经被封建儒家文化禁锢得变成侏儒。中华文明这个时候需要一股强健的力量来充实它。这力量来自大漠深处，来自马上民族。他说，成吉思汗是蒙古族人民的骄傲，亦是中华民族的骄傲。

战争和躲避战争而来的迁徙以及改朝换代，组成了一部中华民族艰难的前行史。威廉·乔西说，"我们大都走在一条相似的路上，却都以为自己惊世骇俗。而所谓的故乡，只不过是祖先流浪的最后一站罢了。"所以，甚至那两百多个游牧民族的东西腾挪，更让我们侥幸和感恩，我们的祖先躲过了多少天灾人祸战争瘟疫疾病，才留下我们这一支？这是高老师这本书带来的思考。

"九里山前古战场，牧童拾得旧刀枪。顺风吹动乌江水，好似虞姬别霸王。"人们一拨一拨经历生死，可大好江山还在，乌江水还在流淌，荣华富贵千秋霸业在哪里？见他高楼起见他楼塌了！当年此地虞姬和霸王的分别多么悲惨凄凉，都消散在历史的云烟中。因此，很多时候，我们要有些历史高度，努力争取后懂得"沧桑岁月欣然过，笑傲风雨度百年"。今天让我们受苦的事，明天可能就会给我们带来幸福；今天让你享福的事，明天可能有坑等着你呢。这人世间的事，我们还有很多说不清，所以高老师说"在未知领域我们努力探索，在已知领域我们重新发现"，这句话不仅是他给央视十频道《探索·发现》栏目题写的主题词，更是他对历史的严谨态度。

他说楼兰文书，向我们透露出那些为历史所尘封的信息。那些重大的历史事件，那些普通戍边士卒的卑微命运，那些商贾驼队的细碎行状，当他们在解读专家的魔咒般的破译中复活时，我们每个人都不由得怦然心动。

说西羌人走了很多代以后，就走到了现在的三江源，找到河流之源后，行走已经成为他们的一种民族性格和生活习惯，逐水食草，行走如风。

说丝绸之路这条伟大的人类历史上最为重要的道路，这条横贯欧亚大平原的道路，这个驼铃叮咚披星戴月贩夫走卒形成的巨大物流，给东方的中国和西方的罗马帝国带来滚滚财源的道路，它并没有在张骞出使西域的目的地撒马尔罕停止，而是向北、向东、向西无限延伸。

作者以个人行走的痕迹、睿智的思想、独到的见解，收拢集中了庞大的信息量，给人以脑洞大开的新鲜和刺激，让我几近着迷。

3

这本书除了对武将开疆拓境、征伐天下的描述让人敬畏以外，对于文人的描写更打动人心。提起被流放的徐松，他说，这个人太伟大了。作为有罪加身的官员，他遇山则骑马而过，遇水则乘船漂流，以可贵的亲历精神，将那个时候的山形水势、历史沿革、边防设置，笔录成书。这本《西域水道记》散发着西域地面奇花异草的香味，波声涛响的风格。那些一步一难、一步一险的踏勘，记录了西域大部分的河流湖泊，很多今天已经不在中国版图里了，文字里的惋惜和疼痛，是近代中国的屈辱史。

书里还提及徐松在担任榆林知府期间，通过自己的实际踏勘，把湮没千年的赫连统万城展示给世人。高建群以同理心评价徐松：一个文化学者，失意官僚，在遭受命运打击、仕途无望的情况下转而著书立说，以大地为师，在旅途劳顿中，在案牍写作中，泼蘸和张扬自己的才华，宽释自己的孤愤和寂寥，于是乃有旷世奇书《西域水道记》的问世，他捍卫了文化人的尊严，为后世的文化人树立了一个标杆。

高老师说他以在西域地面五十年的行走经验,以阅读超过三百种西域文本的知识积累来进行这次欧亚大穿越,所以每走一处,都能联系历史文化,让此地重新走到读者的视野里,并将历史与现实观照,让这本书的唤醒意识更加强烈。比如他曾写道:在当年号称安西四镇之一的碎叶都督府,亦发现了久远年代那烽燧的遗址,甚至在号称世界十字路口的撒马尔罕,亦发现了"中华门"这个令人百感交集的古城门遗址。"百感交集"这个词用在这里意蕴太丰富了。

高老师作为文化人的世界宽度和民族感情,在本书所描述的人类空间移动和脚步的丈量中,表现得极其自然和突出。

当然,高建群老师进行的毕竟是文学创作,是一种粗放的文化概念,它还是同细研的文史资料不一样,因此,整本书读完更让人感觉雄浑辽阔、宏大壮丽。

4

高老师说,书本得来的知识和你用双脚亲自踏勘过的大地上的知识,完全是两回事,不可同日而语。

高老师又说,"大地是一本书。大地藏着许多秘密。我们人类的行走实际上就是用脚一页一页在阅读这本大书。"无论是《马可·波罗游记》的作者还是英国爱丁堡大学的应届毕业生,他们都是在用脚进行穿越和书写论文。所以高老师说,他用他诚实的脚步穿越了欧亚，把他们昨日的传奇和今天的现状告诉世界；用他诚实的脚步向历史致敬、向张骞致敬，向千百年来在这条道路上行走过的每一个匆匆背影致敬。他相信，张骞的后之来者一直在路上。

高老师把自己也看作张骞的后之来者，他用自己的行走、视野、情趣、风范和胸怀，开创了一个时代关于道路的高峰。用他的话解释再好不过：这是一本关于道路的书，也许阅读完这本书，你的人生将分为两个阶段，读之前和读之后。是啊，一个人用自己的行走、思辨为我们书写了这样一部大书，启人心智，动人心扉。

高建群以一个写作者至诚的善意、有力量的行走，淬炼成这部厚书，在这样昂扬的时代风貌中，意义非凡。因为丝绸之路所蕴含的中国力量，令人分外感动备受鼓舞。而我们这些后之来者都在伟大的历史先贤们身后，仰望着他们，以他们为榜样，走在坚实的中华大地上，一如今天的中欧班列，来来回回，忙忙碌碌，红红火火。

2022 年 4 月 7 日

写作者的出路

"陕师大校友作家论坛"举办的那天,午饭时,我恰好坐在已退休的刘教授旁边,听他另一边的校友说,我们又不靠出书挣钱,挣钱我们有股票哩,边说边拿起餐盘旁边的手机。晚饭时,不料想,又坐在了即将退休的杨教授旁边,杨教授提及自己出版诗集时,刚好有前期的课题经费来报销一部分。

我无意爆料我尊敬的校友作家们在坚持文学道路上的辛酸,但很多事情可能就是在无意间让人了解到真相,懂得其中的艰辛。我也无意表达文学对于苦难人生的救赎,但兼职作家或者业余作家的处境,没有文学可能更加苦闷。

也许,一些才情很高的人在职场,在商场,在别的什么场春风得意、饱满充实,他不屑于或者没时间用文学表达自己,文学于他,可有可无。"文章憎命达,魑魅喜人过。""赋到沧桑句便工。"

陕师大刘国欣老师的短篇小说《无影月》里,有大学教师的立命项:项目、论文、会议。自我学习专业提高不在其列、学生反应不在其列,于是主人公郝拉干了三年大学教职工作失业了。搞文学最直接的后果是,同行们认为你不务正业,即便你是教写作的,你是教中国文学的。这就是文学的现状。

我不了解有多少项目(课题)产生了物质效益,也不了解有多少论文产生了精神效益,只从自己所涉猎的文学角度看,有人说,文学对人类的拯救超过医疗。我认为他说的有高度。

侯雁北先生用《死囚的遗书》一文来说明阅读的意义:死囚是读报发家的,报纸上的致富消息让他完成了原始积累,财富积累的路上他忘了很多事,包括阅读,犯了死罪。临刑前三天,他乞求狱管给他找些报纸,他在那沓报纸中发现本市一女大学生得病需换肾的消息,马上写下遗书:愿将肾脏移植给女学生,将合法收入捐给女学生做医疗费。经配型成功,三个月后,女学生康复重返校园。

看到的消息,就是新闻,新闻是文学的三大分类之一。枯燥还是煽情,是文案人的文学素养所决定的。作用是显而易见的,是直抵心灵的。

文学的价值不用赘述,但文学人的价值如果还是当年杜甫、曹雪芹的处境,于他本人来讲,是莫大的悲哀;于社会来讲,是莫大的耻辱。文学发家的人不少,走出文学圈的文学家们,上了富豪榜的文学家们。圈内的文学家能有几人因为文学而过上物质充裕的生活?我有限的认知里,更多的人以颜回为偶像,安贫乐道，读书习字，有稿酬好，无稿酬也好。更不要说普通的作家、作者、文学爱好者了，无论他们有着怎样的功利心，他们都是爱文学的人，估计没有人能在不爱的领域里取得巨大的成就。干一行爱一样，热爱很重要，兴趣是最好的动力。所以，很多人宁愿贴钱出书、发文。爱没有错，特别是没有社会危害的行为，自娱自乐也是价值。这样的文学爱好者太多了，他们活在自己的精神世界里。自信者比不自信无所事事的人充实多了吧？

当然，还是要进步，普通作者只有进步才有出路，无论是走当下的网络流量，还是走老式的报纸杂志，都有报酬，踏实地走下去，也许有人生活就有了起色。爱就坚持，即便坚持文学要面对眼下的困顿，但坚持就是胜利。

2021 年 9 月 22 日